百鬼夜行──卷11──雪女

（※本故事內容純屬虛構，如有雷同，純屬巧合。）

目次

楔子

風雪漫天，颳得人連走路都有困難，一對男女吃力的上坡，身上裹著毛皮，腳上也是剝下動物皮毛做的鞋子，每踏出一步，腳都深陷在雪裡。

「……到了沒？」女人虛弱的說著，全身裹到只剩眼睛了。

「就在前面，快到了。」丈夫指著前方，「再忍耐點，想著以後的好日子！」

好日子！女人在皮毛外套下的雙手緊絞，對，就是這盼頭！

他們是山裡的人，日子過得清苦平凡，這山裡每年有三分之二的時間都是冰雪封天，但夏天時還能在水邊種點作物，獵殺動物去賣錢，至少還能過得去。

但這兩年新來了地方官，徵稅徵得苛刻，繳不出來的話，連過冬的農作物都要搶走，這樣他們會餓死的！

幸好她有個極好的丈夫，他們從小一起長大，他英姿煥發、身手敏捷、孔武有力，是個極優秀的獵人，總能獵到上好皮毛！加上她的女工，還能製成官家小姐喜歡的衣服或毛氅。丈夫負責去販售，但那些官家小姐要貨都又急又凶，絲毫不顧天候，就算打到了狐狸或狼皮，她也必須沒日沒夜的趕工，才能趕上交件，然後官家小姐又開始苛扣工錢，想讓他們做白工。

這日子是越發難過了，她雙手都是龜裂與凍瘡，還有個伶俐可愛的孩子跟著他們受苦，正不知道怎樣才是個頭時，丈夫昨夜突然神祕的告訴她一個祕密。

他在打獵時，意外發現了有人在雪山裡，藏了金子。

那是能拿的嗎？

能，怎麼不能？現在是冬季大雪，除了他們之外根本沒人會上來，這座山頭只有他們跟小春家兩戶人家，小春家不是獵戶！

「真的不會被抓到嗎？」她追上丈夫，憂心忡忡。

「怎麼抓？現在這風雪不必一個時辰，就能把足跡全蓋掉了，找誰去？」丈夫信心十足，「再說了，我懷疑埋黃金的人，自己都不一定找得到在哪裡，他做的記號，早就被雪蓋住了。」

「好緊張……」女人既興奮又害怕的，「我們也要小心，一次換太多錢，被發現就麻煩了！」

「我們可以離開！有錢就能離開這裡了！」丈夫望著她，兩人雙眼都激動得淚光閃閃。

終於來到了丈夫說的地方，他還在上頭插了根細枝當記號，現在風颳得能見度極低，白霧茫茫一片，但想著好日子就在眼前，他們便一點都不覺得冷了，兩個人拿著鏟子努力的挖。由於之前丈夫已挖開過，所以後來都是隨意填上雪的，輕易就能再挖深，只是這兩天風雪甚大，雪又積了不少厚度。

終於，鐵鏟敲到了硬物！

啊！女人喜出望外的回頭與丈夫相視一眼，他們加快速度的挖掘，終於把一口箱子給刨出形狀了！

「就是這個嗎？」妻子看著巨大的箱子，心跳加速，「這裡面有多少？」

「多到這輩子都花不完的！」丈夫激動的說著，「妳來打開它。」

妻子的手抖得嚴重，做足心理準備後，才鼓起勇氣將木箱打開——咦？

她還來不及對眼前的空箱反應，後腦杓一鐵鏟狠狠砸來，女人被打進了那偌大的空箱中！

鮮血飛濺，她重重跌入，還掛在外頭的雙腳也被很快的塞進箱子裡。

好痛……女人幾秒後倒抽一口氣的轉醒，因爲潑灑在她臉上的冰雪太冰！她不明所以的向上看去，卻只看到一鏟又一鏟的雪往身上蓋上來。

「……親愛的？」

「我知道對不起妳，但有妳在便會破壞我的幸福的！」丈夫努力的把雪鏟進了箱子裡，「官家小姐喜歡我，我沒說我已經成家了，我只說做衣服的是我姐姐……現在他們招我入贅，妳是眞的不能存在。」

什麼!?女人頭痛欲裂，她是幻聽嗎？那麼愛她的丈夫爲什麼會做出這種事!?

「你背叛我……你想殺了我嗎？」女人哭了起來，「你離開就是了，爲什麼要害我？」

「我不能冒險，萬一哪天妳去揭發我怎麼辦？」老公鏟起了一大鏟雪，看著箱子裡的妻子。

他剛下手很重的啊！怎麼還沒死？看著她頭破血流，紅血都染紅了白雪，那是一起長大的女孩，她是全天下最美最美的女孩……但是，愛情塡不飽肚子，也不能給他優渥生活的。

「春天一到，我和她就要離開這裡進城了，從此我下半輩子都不必愁了。」他把雪往妻子臉上蓋去，「這輩子欠妳的，下輩子再還妳吧！」

如果有下輩子的話！

丈夫將箱子塡滿雪，女人在裡頭瑟瑟顫抖的掙扎，她吃力的剝開雪，試圖爬出來，但環顧四周時卻不見坑底的丈夫，抬頭看去，才發現他已經爬上去，並且將上面的雪都推下來了。

「你不能這樣對我！」她吃力的扳著箱緣，「你不能背棄我！我是你的妻子！」

丈夫不願聽，只是努力的把成堆的雪往坑裡塡，死吧！怎麼還不死呢？如果死了的話，她就不會那麼痛苦了！

「你如果殺了我，我不會放過你的！我做鬼化妖都不會饒過你——哇——哇——」

雪體大量滑落，蓋住了倩影，也蓋住了她的怒吼，男人飛快的用雪將深坑塡平，拿掉所有記號，抱起所有工具，必須處理得毫無痕跡。

然後，他順風下山，風雪推著他的背，加速他的步行，接下來幾天的風雪都不會小，很快就會把他們的足印掩蓋。

正如他說的，誰都不會發現她的！她會被冰凍在深坑裡，永不腐化的長眠。

永遠……永遠……

「啊啊啊啊啊——」

雪像炸開似的噴發，地底咻地衝出雪白身影，緊接著又不支的掉落。

她摔在雪地裡，卻輕如鴻毛的幾無重量，仰頭看向晴朗的天空，天藍得不像話，陽光直射大地，遠方白色山峰連綿不斷。

女人踉蹌的起身，看著自己雪白的雙手，她的手變得好漂亮，沒有一處凍瘡，也沒有任何龜裂，纖長且白皙粉嫩……這是她的手嗎？

但她沒有時間去探究，她沒有忘記，那個活埋她的男人——心裡才想著，眨眼間她就回到了她熟悉的屋前。

曾經載滿她幸福的小屋如今只剩斷垣殘壁，看得出大火焚燒過的痕跡，家園已殘破不堪，什麼都沒有留下……那個混帳呢？那個殘忍的男人去了哪裡？還有她的孩子！她的孩子怎麼了？她慌張的往相隔幾百公尺的鄰人家去，小春他們一定知道他去了哪裡，這座山頭，就只有他們兩戶……

遠遠地，她緩下了腳步，因為小春家比他們更慘，連屋子都沒有剩下，原來的住所已被冰雪覆蓋，只剩下兩根圈養動物的柵欄，勉強露出個焦黑的頭來。

「我會找到你的……我等著你！」她咬牙切齒的哭喊起來，「只要你踏進這裡，我一定會殺掉你——殺掉你！」

淚水奪眶而出，卻瞬間成冰，女人驚嚇得撫上臉龐，摸下了幾顆晶瑩剔透的淚珠。

她，變成了什麼？

第一章 寒春

男人縮著身子，急急忙忙的往車邊趕，鑽進車子裡後，第一時間就是發動車子，放送暖氣。

「呼……實在是太冷了！」他不停的搓著手，調整葉片風向，讓暖氣朝自己身上吹。

明明都已經春天了，但最近溫度卻越來越低，不停的有寒流來襲，初春跟嚴冬一樣，而且還時不時的降雪！車裡越來越暖，男人終於感覺到比較舒適了些。

擱在一旁的手機不停閃爍，他有點不耐的抓起來查看，暱稱「寶寶」的視窗裡，是一連串不止的訊息，他深呼吸後，皺著眉滑動手機，好把這些訊息全給消化完畢。

女友抱怨著他最近都沒打電話給她，一週一次就很難得了，而且還不視訊，只有簡短的聊一下，讓她有種漸行漸遠的感覺。異地戀本就使人不安，他這樣的冷漠，只是會更讓她胡思亂想而已。

「煩啊！」他搔著頭，「吵吵吵，每天就只會在那邊發神經！」

有時不得不承認女人的直覺很準，男人其實是很直接的生物，一旦不感興趣，就不會花時間去在意，無論物品或人都一樣！心不在她身上了，連講通電話都覺得懶，而且……事實是，現在即使一週都沒通上話，他也完全不覺得思念。

或許沒有她也可以了吧？但偶爾翻到以前在一起的甜蜜照片，又覺得對她還是有愛的，最期待的當然是一個月見一次面的時間，要是輕易分了，他的慾望該怎麼辦？

「食之無味，棄之可惜」就是他的心境，尤其他現在有著更令人期待的另一個人了。

纖瘦的身影自左前方出現，男人趕緊對著鏡子打理自己，看著女人左顧右盼，尋著他的車後，輕巧的揮揮手，趕緊奔過馬路跑來。

將女友的手機畫面滑掉，他興高采烈的爲來到車邊的女人打開車門。

「快進來吧，很冷的！」

女人道謝著趕緊進入副駕駛座，亦揉搓著雙手，「眞的好冷啊！」

她雙手成拱狀，不停的呼著熱氣。

「來，把手放到這邊暖暖。」他大膽的包握住她冰冷的手，往暖風口移，「哇，妳手眞的很冰啊！」

「好冷啊！我看著今天可能又要下雪嘍！」她仰頭望著擋風玻璃外。

男人沒有鬆開自己的手，而是溫柔的撫摸著女人的雙手，表面上像是希望爲她磨擦生熱，但實際上不失爲一種調情。

女人沒說話，她白皙的臉上微泛紅，嬌羞的望著自己被揉搓的雙手，淺淺的笑就鑲在嘴邊，不敢多看男人一眼。

男人驀地握緊她的手，意欲驅前——此時手機不客氣的響了起來，女人回神，嚇得男人趕緊縮回雙手。

男人壓住低咒的情緒，故作紳士的拿過手機，上頭顯示的果然是女友，他如果不接，女友的個性一定會奪命連環CALL，但如果接了，鐵定是哭鬧著為什麼訊息已讀不回。

他飛快的調整音量，然後接起電話。

「我在忙。」先聲奪人就是這個意思。

話機刻意擱在右耳，深怕美麗的女人會瞧見電話螢幕上顯示的「寶寶」，看來他得改一下代號了。

「忙什麼？你明明讀了我的訊息，這幾天完全不理我是怎麼樣？」手機另一頭的女人果然哭了起來，「我們之間一定有問題了，逃避不是辦法！」

「晚點跟妳聊好嗎？我現在真的在忙。」他嚴肅的說著，口吻沒有一絲寵溺或溫柔，就怕身邊的佳人誤會了。

「晚點？晚點你就會忘了！我問你，你是不是根本不記得今天是什麼日子？」

今天是什麼日子？男人一怔，尷尬的向身邊的女人比比手機，請她再等會兒，女人溫柔搖頭，表示沒關係的逕自拿出手機玩著。

男人聽著電話那頭的女人哭泣，只覺得莫名其妙，老是喜歡問這種問題！爲什麼總要男人記這些日子？生日、情人節、一周年……周年！啊！

他們的五周年！

「我記得。」這句話心虛的隔了十秒才回答。

「你騙人，你不記得了。」抽泣聲嗚嗚咽咽，「那你記得，你答應過我什麼嗎？」

事實上，他還眞記得。

他們約好，如果能繼續走下去，五周年這天要嘛結婚、要嘛求婚，他應該要不遠千里的跑去找她，捧著她最愛的花束向她求婚。

去年他還有這麼做，那時他就想起了還有一年似乎該結婚了，她也暗示過很多次，但每次他都找理由推託：事業不穩、收入不夠，其實是因爲感情淡了，他看著女友，已經沒有想共度一生的衝動。

但有女人總比沒女人好，拖著拖著，原本就打算等找到個更好的再談分手，最近終於出現了令他動心的人，他一門心思都放在追求佳人，把五周年的事忘得一淨。

「我也記得，但我最近加班太忙了，我晚點跟妳談好嗎？」他語氣放軟了些，希望先打發女友，讓她掛掉電話，「先這樣了。」

不等女友回應，他切掉了手機。

「抱歉。」他心不在焉的說著。

身邊的大衣女人抬首笑看他，「不會……重要的電話？」

「沒事！就我妹……吃火鍋好不好？實在太冷了。」他建議著，拉過安全帶繫上，「妳有喜歡吃的店家嗎？」

叩叩，指節驀地敲響著男人身畔的玻璃窗，他錯愕一轉頭，瞧見的竟是一臉淚痕、拿著手機的女友，就站在他車外！

「她是誰？爲什麼坐在我的位置？」女人在外面咆哮著，「你忘掉我們的五周年，就是爲了跟她在一起嗎？」

即使隔著密閉窗，但女孩激動的音量仍能讓車內聽得一清二楚。

男人看著女孩扳動著門把，下意識居然鎖上中控鎖，驚恐的看著車外瘋狂拍著車子的女友。

「五周年……你有女朋友？」美麗的女人瞪圓雙眼質問著他，「那你還來追我？」

「不……不是……我是有女友，但我已經不愛她了！我打算分手！」男人急忙解釋，「我跟她眞的沒有什麼，是她死纏著我不肯分手的……對！我早就跟她提分手，不算是在一起了吧！」

女人蹙著眉，搖了搖頭，「騙人……你答應她要娶她的，只是要等事業再穩定一點，等你升上經理，薪水再多一點，但你早就升職了不是嗎？」

男人愕然，「爲什麼……妳……妳知道……」

女人悽楚一笑，拿起手機在上頭飛快的打著字，送出的瞬間，車外的女人停下拍打窗子的動作，也舉起手機望著上頭的訊息：

「他說你們早就分手了，沒有五周年的承諾，他背棄了妳。」

女友呆看著手機裡的訊息，再緩緩看向車內，男友身邊那位美麗的女人是……？她不可思議的指指手機，再指向車裡的女人。

女人肯定的點點頭。

「這是……怎麼回事？妳們串通好的？妳認識我女友？」男人一秒惱羞成怒，「設局來騙我？」

「不是分手了嗎？現在又說是你女友了？」女人冷笑著，「我設什麼局了？

是你主動追求我的……唔！剛剛不是還摩娑著我的手嗎？」

她把手舉前，要男人再次執起他的手。

「……下車！妳給我下車！」男人怒火中燒，他覺得自己像蠢蛋一樣，被戲耍了！

他用力一扳車門，卻發現車門打不開，再使勁一次，凍人的溫度瞬間襲來，他嚇得縮手，他身旁的車門迅速結霜，那冰霜從後方一層層過來，凍住了整扇門。

「這是……」男人錯愕的看著眼前的車門，連玻璃上都罩著冰晶，趕緊從擋風玻璃往外望去。

天空中開始落下了點點白雪。

「開門……怎麼回事？」車外的女友激動喊著，她也是親眼見著車子一秒結冰的。

「說好要結婚的，你怎麼背棄了？」副駕駛座的女人幽幽的說著，「做不到的事，就不該隨意許下承諾啊。」

男人驚恐的看向女人，忍不住倒抽一口氣，她是很美，一如既往的美，可是她現在的臉色白得跟紙一般，別說沒血色了，臉白得簡直像漆上去似的，而那紅唇卻顯得格外的刺眼。

車內開始轉冷，男人非但感受不到暖氣，甚至覺得溫度驟降的寒冷，他開始打起哆嗦，而跑到車前的女友則敲著引擎蓋，擔憂的叫他快點下車。

接著她繞到另一邊，開始敲著女人身邊的車窗。

「妳不要傷害他！妳是什麼人啊？我沒有要傷害他啊！」女孩拿包包敲著玻璃窗，怒不可遏的對著女人喊著。

女人仰望著一窗之隔的女孩，對著玻璃吐了一口白氣。

呼……僅僅一口，那白煙霎時就把車子的這半邊也凍住了，霜是一層一層結上的，如同電影一般，彷彿在這車子的正上空有個極地氣旋，讓氣溫在數秒內降至零下。

「妳……妳……」男人凍到說不出話了，他的雙手好像快沒感覺了，最可怕的是，他的肺好痛！「咳……咳咳咳！」

疼痛伴隨著劇烈的咳嗽傳來，男人痛得扭曲五官，然後咳出了一大口鮮血！可是就連噴出來的鮮血，也在瞬間化成了一顆顆寶石般的冰珠。

男人張大了嘴，呼吸困難的癱在位子上，他可以越過女人看見女友在車外歇斯底里的叫著，拿皮包拚命的打著車子，他想說些什麼，可是已經說不出來了。

「背棄承諾的人，總要付出一些代價吧！」女人挪了身子趨前，柔荑輕輕覆在他胸前。

啊——刺骨的寒意瞬間浸入五臟六腑，男人像是慘叫般的仰天，但是沒有喊出半個字……他在劇痛中感受著自己的每一吋肌膚與血液迅速結冰，自胸口擴散，乃至於全身上下。

嘴角殘餘的是紅色的冰晶，臉頰上還掛著冰珠，凍結的眼珠子最後看向的，是她左肩頭後的方向……女人回眸，他看著的是車外的女友。

是眞的還愛？還是只是把她當成求救的浮木？她冷冷笑著，纖細的手捧著男人僵硬的臉，把唇貼上了他的唇。

「妳不要碰他！妳不——」外頭的皮包又砸上了車。

女人抹去唇上沾上的血冰，驀地反手打開身後的車門，明明已覆上厚霜的門，就這麼輕易被打開了！震碎一地冰渣時，還讓女友嚇了一跳，連連後退。

「爲……」她呆愣的看著女人自車裡走出，車門開啓時，連她都感受到了車裡駭人的低溫，「妳對他做了什麼？妳怎麼可以這樣！我只是想知道他是不是有了別人，我只是……」

女人揚揚手機，「妳不是說，想看看他還記得你們當年的約定嗎？」

女友開始打了個寒顫，好冷……爲什麼突然變這麼冷？她抹著淚搖頭，「我是想知道，但妳……妳是群組裡的那個雪女嗎？妳爲什麼會跟我男友在一起？」

「幫妳看看他還記不記得約定啊！」她冷漠笑著，「他不記得，打從我出現的第一天起，他就對我表示好感，花了心思在追我，所以連今天都沒有慶祝你們的五周年，更別說求婚了。」

女友腦子一片混沌，她不客氣的撞開女人，趴進車子裡想看看自己的男友，但碰到的只有凍人冰塊，而躺在駕駛座上的男人，已經明顯得沒有生機。

「妳……哎！」寒冰刺痛她的肌膚，女友離開車子對著她咆哮，「這裡面怎麼回事!?妳殺了他嗎？妳殺了我男友？」

好奇怪的人……車子裡面全部的東西都結上一層厚厚的冰，她的男友變成了冰雕，今天天氣的確是很冷，但這台車裡卻彷彿零下五十度似的……女友再度打了個寒顫，這次不是因爲溫度，而是來自於眼前的女人。

她才回過神來，女人的臉白如紙……不，白得跟雪一樣。

即使雪花飄到她的臉上，也幾乎看不出來。

「他背棄了妳，這種男人妳也要？」

「那是……那是我們的事！妳是什麼東西？」她終於意識到不對了，女友扯開了嗓門，「救命啊——殺人！殺人——」

為什麼她在車邊喊了這麼久，附近完全沒有任何一個人出來看呢？都沒人聽見她的嘶吼嗎？

她早該想到這一點的。

一陣強勁的冷風颳至，無數雪花跟著被颳動，大雪是突然降下來的，而且幾秒內就成了暴風雪般，迎面朝女友「撞」過去。

「啊……」她雙手交叉擋住臉，但也擋不住刺骨冰風。

「違反承諾的人，都該受到懲罰的。」女人冷冷的望著被大風逼得後退的女友，「是非不分的人，就去陪他吧。」

她從容往前，一把將女友推進了車子裡。

甩上門的同時，車門霎時又結了冰，女友恐慌的在裡頭瘋狂的拍打車門，哭喊叫嚷，女人將手覆在車上，可惡的人接受折磨是天經地義，但女友不需要受這種痛苦。

眨眼間，哭喊跟拍打聲停止，只留下一具拍擊中的僵硬冰雕，與副駕駛座相連在一起。

女人將大衣披上，轉身離開了車邊，天空降下漫天大雪，淚珠悄無聲息的滑下她的臉龐，總在未到頰畔就已凝結成冰珠。

「要找到能堅守承諾的人，眞難啊！」

她仰天長嘆，嘴裡呼出的嘆息依舊是一道冰霧，伴隨著冰霧融進空氣中，接踵而來的是更強勁的風雪。

今夜，更冷了。

漫天大雪伴隨著強風，不是黑夜卻也伸手不見五指，男人低著頭趴在陡峭的雪地裡，試圖將帳篷給穩住。

「這裡待不得了！我們必須先找地方躲！」後方傳來隊友的嘶吼聲。

「最近可以躲藏的地方在上面，得往上再走五十公尺！」熟悉地形的嚮導並不樂觀。

因爲風雪如此之大，山勢又相當陡峭，上坡路恰好與風向對衝，只怕走一步會退後兩步的艱辛。

「不行！我們應該原地紮營！」男子斷然拒絕冒險的提議，「把營帳紮穩，先躲進去才是正確的，否則在外面會有失溫的危險！」
往上走危機重重，雪這麼大，路都瞧不見，迷路或失足滾下，只是更得不償失！他打定主意，使勁的將營釘釘得更深，只要不雪崩，躲在帳篷裡，他們就能有機會！
「對，這是最好的方式！」當地原住民的嚮導也同意，積極的協助把物資先扔進帳篷裡穩住重量。
一雙戴著白色手套的手抱起背包，爲男子打開帳篷扔東西進去，同時抵著他的身子，協助一起扎穩營釘。
他們採用比手畫腳，在這暴風雪中交談是最不明智的。
男子急著要進入，催促著眼前的白衣嚮導先行躲藏，但一著急，手上的搥子就這麼滑下了雪地。
不行！他焦急轉身就要去拿，結果被一把抓住。
「我得去拿！那是我的冰斧！」男子說著，也不管對方聽得見聽不見，甩開手就往下滑去。
坡度眞的很陡，滑行的比走路的快。
「做什麼？劉子鈞！」滑過隊友身邊時，驚得隊友們不知所措，「喂！」

雪地眞的太滑了，劉子鈞很快的追到且抓住了自己掉落的冰斧，但是人卻拼命的往下滑去，他用釘鞋煞車也止不住滑動的墮勢。

「拉住他！」

「來不及啊！」

後頭隊友的焦急叫嚷卻被狂風吹散，劉子鈞看準了前方有處好位子，可以讓他把冰斧釘入雪地裡——剎！他的衣服突地被拉扯，劉子鈞沒有分神回首，而是更加積極的以冰斧磨擦地面，速度果然很快慢了下來！

幾乎就在逼近一段驚險落差之前，終於停下了！

「上來！」拉著他的力道極大，把他往上扯去，遠離邊緣越遠越好。

劉子鈞趕緊回身向上爬了幾吋，才發現拉住他的正是剛剛在他身邊的白外套嚮導！

「小雪！妳怎麼追下來了？太危險了！」劉子鈞有點驚訝，「這種情況是不能追的！」

「你身上的安全索爲什麼沒有綁？這才危險！」嚮導不客氣的唸著。

劉子鈞自知理虧的沒吭聲，他在剛剛要去撿冰斧前，把安全扣環解開了，原本是跟小雪扣在一起的！他只是想說撿個東西罷了，沒想到會止不住滑勢的一路往下。

「謝謝妳。」他不辯解，這條命終究是小雪救的。

「嚓嚓……劉子鈞！你搞什麼鬼？」對講機傳來了隊長氣急敗壞的聲音，劉子鈞按下了通話。

「SORRY！我沒事了！」他仰起頭看向上方，高舉手豎起大拇指，表示一切無礙。

咦？當他看清楚上頭五顏六色的帳篷時，才意識到剛剛那漫天風雪，居然已經停止，視線漸漸變得清明，連天色都比剛剛敞亮許多！

「走！」嚮導把扣環扣好，兩人回身壓低重心，得慢慢的爬回去。

「天氣變好了！」劉子鈞喜出望外的，「眞的說停就停！」

「等等就天黑了，今天還是別走了，就在這裡安營。」嚮導給予專業意見。

滑下來只需幾秒鐘，爬上去可費力了，劉子鈞走得滿身大汗，隊友們都在外頭等著他們，其他嚮導也湊前，一方面慶幸他們平安、天氣轉好，另一方面卻也不認爲繼續行動是好的。

往上走的話，離最近的紮營點太遠，天黑前絕對趕不到。

「同意，最重要的是氣候不穩定，今天也不是滿月。」隊長的經驗值頗多，

「安全爲上，天氣變好就是開心的度過這晚，平安就好。」

「好。」劉子鈞跟著附和，然後還是鄭重的向大家道歉，「對不起，我剛太衝動了。」

沒有人多所責備，就是拍拍他說聲沒事就好。

這是座雪山，不是最高的山脈，卻是座難以征服的名山，眞要登頂不容易，歷年來成功的人不多，留在這山裡的卻是不少；人們必須跟詭譎多變的天氣對抗，劉子鈞遠從國外飛來，就是爲了登這座M山，沒想到今年的春季這麼寒冷，大家都是極具經驗的人，即使做足準備，卻還是難以戰勝大自然。

「我有個建議。」最資深的嚮導突然開了口，「明天，我們如果沒辦法到達這個雪女湖，我們就回去。」

「咦？」隊友們紛紛錯愕。

「氣象預報已經表示有個極地氣旋逼近，我們就連多待這兩天都是冒險，接下來數天都擺脫不了惡劣的氣候……」總嚮導嚴肅的搖了搖頭，「這不是什麼觸不可及的山，有的是機會。」

所有人不約而同的看向已經清晰可見的山頂，他們比原訂計畫慢了四天，加上嚮導說的天氣預報並沒有錯，這已經是不可達成的目的了。

「就這麼放棄了嗎？」白衣嚮導突然看向了劉子鈞，摘下雪鏡下的雙眼有些濕潤。

「小雪？」劉子鈞有點錯愕，但見小雪扭頭就往帳篷邊去，他反而不知所措，「等一下，小雪……」

他尷尬的回頭看向隊長，低聲表示他讚成嚮導的說法，明天就拔營離開，接著往上追著那雪白身影前去，其餘隊友面面相覷，帶著點羨慕還有些酸，這明眼人都看得出來，小雪喜歡劉子鈞啊！

「眞令人羨慕啊！」隊友感嘆萬分，「我爬過這麼多座山，小雪眞的是我見過最漂亮的！」

「是啊，第一次見到她時，都覺得她皮膚白到發光哩！」隊長也感嘆著。

當他們小組第一次跟嚮導們見面時，所有人都不敢相信，有個膚白勝雪的美女竟在其中！

過往嚮導都是男性，從未有過女性，先天上的差異讓女性就算是登山好手，也難以負荷沉重物品與長期的登山計畫，再者嚮導皆是當地人，這裡的當地女性已經不多，都是家庭主婦居多啊。

但這幾天下來，這位小雪不僅體力驚人，腳程也是他們之中最輕巧的，負重對她而言輕而易舉，而且每每看著雪地上的腳印，她的還比大家都淺了許多，而且絲毫不見疲累。

一路上，她最照顧劉子鈞了，明顯到不行，雖說子鈞算不上最帥的，但也算最年輕的了。

「小雪！妳怎麼了？」劉子鈞還是追了上前，「妳是嚮導，妳知道山裡的暴風雪隨時會奪人命的！」

小雪幽幽回頭，「你就這樣放棄了嗎？你都忘了……有人在上面等你了？」

咦？劉子鈞愣住了。

上面有人在等……等他嗎？這上面哪有可能住人啊！這話反而讓他渾身起雞皮疙瘩啊……啊？

劉子鈞錯愕的往上方看去，這莫名其妙的燈光是哪裡來的？

「咦？」連小雪都愣住了，她倏而回身跟著朝遠處的上方看去，遠處揚起了高吹雪，令人心驚膽顫！

不該出現的兩道燈光跟聲音迴盪在山裡，大地爲之震動——

嗚嗚嗚——

「什麼東西——那是火車嗎？這裡有火車？」隊友們驚恐的大喊，「小心雪崩——」

劉子鈞一把抓過小雪，他們得找掩體！

誰知小雪驀地抽開他的手，力道大到劉子鈞踉蹌數步滑去，她卻一路向上跑去！

「危險啊！會雪崩的！」

小雪無所畏懼的朝上方奔去——因爲這種未開發過的峻嶺，怎麼可能會有火車!?

第二章 到站下車

「該下車了！」

列車長突然站在身邊，闕擎睜著惺忪雙眼，一時之間沒反應過來。

「什麼？喂——喂！」他猛地被一把拉起，踉踉蹌蹌的就被往車門的地方推，「等等，等一下——」

他定神一瞧，在窗外飛掠而過的是大片雪景，還能瞧見壯麗的山峰，剛剛睡著前他們不是在平地的嗎？什麼時候上了高山了？

闕擎緊抓著鐵欄杆，打定主意不想太靠近車門，回頭望著座位上那一張張了無生氣的面容，這些人是不可能幫得上忙的。

「別掙扎了，能下車就下車啊，這上面的人想走都走不了呢！」個子略矮的乘務員拍拍他，「再不然可就更走不了了！」

「這跟你們之前說的不一樣，我應該……可以自由上下車吧？」闕擎意有所指的望著臉色嚴肅的列車長。

列車長有張削瘦的臉，看上去年紀很輕，但眼窩帶著沉黑深紫，多添了幾分詭異，他眼神一瞟，略挑的嘴角皮笑肉不笑，都能湧出一種令人不適的邪氣。

「這輛車是我的，由我決定上下車。」列車長說著，同時手動打開了闕擎眼前的門。

唰——強大的冷風吹進，闕擎瞬間凍得發顫，即使外頭看起來陽光正好，但這溫度也太嚇人了！

「這裡有站嗎？這是高山吧！」他頂著寒風朝著眼前兩位其實挺可愛的男士喊著，低頭一瞧，才發現輪下連鐵軌都沒有！

「前面，等等右轉後有個廢棄已久的站。」列車長指向了兩點鐘方向，從斜斜的角度，可以看見……

他什麼都看不見！闕擎握得鐵杆更緊，但外頭的低溫已經讓他覺得發抖，更重要的是：列車沒有要煞車的跡象。

火車行駛在由雪築成的鐵軌上，闕擎完全不敢想像這是怎麼運行的！

「沒有減速，我該怎麼下車？」

只見乘務員眉開眼笑的，朝著列車長說，「他真的蠻聰明的耶！」

「那當然。」列車長驕傲的睨著他，「好歹我們是同類。」

「誰跟你們同類人！」闕擎看準時機，轉身就要往車廂的另一頭奔去，避開這扇開啓中的車門。

可說時遲那時快，他才一鬆手，列車長倏地抓住他的衣服，同時間乘務員上前擋住了他的去向，甚至雙手抵住他的身體，再度往車外推去。

「有話好說吧！」闕擎緊張的反抓住乘務員的衣服，「爲什麼要殺我？」

「沒有人要殺你啊！」乘務員無辜的眨了眨眼，「是讓你下車。」

「這種下車法，跟把我殺了有什麼不同啊！」簡直是睜著眼睛說瞎話，他回頭瞪著把他往外拽扯的列車長。

列車長正凝視著他，又揚起了看似天眞的笑容。

「要把握每一個可以回去的機會喔！不是每一天出門，都能回家的！」下一秒，他忽地使力把闕擎整個人往外拽去，**「乘——客——下——車——」**

乘務員同時將闕擎抓著他衣服的手給扳開，順勢也把他推了出去——

叭叭——列車響起了喇叭聲，嗚嗚的在山中作響——闕擎在彎道中，直接被抛飛了出去——

「記得幫我們傳話喔！」列車長扳著門邊，還對外頭喊著。

風聲呼嘯，闕擎只覺得耳朵嗡嗡作響，但該死的列車長的聲音卻這麼無雜音的傳進他耳裡，逼得他想罵出無盡的髒話！但他只能感受到自己跟抛物線一樣，從高空墜落，甚至連那個「廢棄的站」都沒有看見！

冷風如刀，颳過他的皮膚，又痛又冷的他緊閉起雙眼，他沒瓣法去思考各種爲什麼，只能用最後幾秒去播放人生跑馬燈。

如果能播放出的話……

「那是人嗎？」

遠遠地，劉子鈞目瞪口呆的看著從火車上摔出來的人，僵在雪地中。

所有人都不可思議的看著在雪山中出現的火車，那震動與轟鳴隨時都會引發無法逃避的雪崩，迴音讓人心跳失速，但是劉子鈞等人已經懶得躲避了。

只見那人影咻地往下墜落，轉眼間掉落在上方某處的雪地裡，那種高度與摔法，雪地再厚，不死也半條命了。

劉子鈞呆愣的目送火車駛離，山裡持續迴盪著那駭人的聲響，所有成員都恐懼的等待死亡到來，望著眼前隨時會發生的山體滑動，雪崩降臨……腦子裡卻只有一個問題：這裡爲什麼會有火車？

雪白的身影早消失在他們眼前，她已經飛快的來到了墜落點，看著躺在雪地上的身影，她緩下腳步，不由得輕喃著不可能不可能。

「有沒有搞錯？你爲什麼會在這裡？」她哎了一聲，低咒的大步衝上前，「可得沒事啊你！」

闕擎躺在凍人的雪地裡，在沒有聽見任何腳步聲的前提下，肩頭猛地被人抱了起來——喝！

他嚇得跳開眼皮，跟著「哇」好大一聲！

「什麼——」他胡亂的伸手就揮動，女孩迅速的抓住他的手。

「別鬧啦！你沒事嗎？」女孩掐著他的下巴，檢視著生命體征，「有哪裡受傷嗎？」

闕擎半晌說不出話，呆愣的看著那雙似曾相識的眼睛，顫抖的下顎試圖吐出幾個字：「……雪……雪姬？」

「別亂叫，我在這裡叫小雪，你得假裝不認識我，否則我把你埋進雪裡。」雪姬冷冷的警告著，迅速脫下外套，「你穿這樣跑進山裡是什麼意思？棠棠呢？她跟你在一起嗎？」

闕擎想搖頭，但他覺得自己已經凍僵了，連這點動作都做不出來了。剛剛本以為自己死定時，突然感到自己的身體在半空中「煞車」，接著輕如羽毛般的慢慢飄下，是雪姬出手嗎？

這陣子她沒在店裡，不知道山下發生的事，自然不知道自己會在這裡……雪姬將外套裹住他，還把毛帽也脫下來罩住他的頭，盡可能的替他保暖，闕擎感受著這難得的溫暖，吃力的吐出謝謝。

「記住，我們不認識。」雪姬再次交代著，接著轉身往山下跑去。

闕擎蜷著身子在雪地裡拼命發抖，抖到連要罵人都吃力，那混帳的列車長……是明知道雪姬在這裡，才把他扔下來的嗎？那萬一雪姬沒看見他，或是沒施法，他不一樣死定了。

可惡！

「快點來！這邊——」女孩朝下方喊了起來，「那個人還活著！這邊！」

「歡迎光臨百鬼夜行！」女孩開朗熟練的喊著，瞅著客人戴在左手的銀色手環，從容上前，「哥，人類只有兩顆眼睛，像我這樣喔。」

她比了個二，指指自己的臉，在客人即將從金色屏風那兒露出臉來時，及時提醒客人做了修正，避免那一顆大眼睛，嚇著了一樓的客人們。

這裡是「百鬼夜行」，首都最知名的夜店，是棟三層樓的透天厝，表面用木板裝潢成古堡模樣，三層樓的牆面上有許多詭異的雕像，囊括各類妖魔鬼怪，中間也有設置凸出的橫桿，上頭是倒掛蝙蝠的雕像；裡頭的服務生更是裝扮成各種死狀的鬼，或是妖怪，化妝術栩栩如生，也鼓勵客人們扮裝入場。

只是，世人沒想到的是，裡面的所有的鬼或是妖怪，都是眞的。

厲心棠領著客人越過舞池，朝著二樓走去，二樓專門招待非人類的客人們。途中經過吧台時，裡頭的金髮Bartender還朝著他打招呼，「好久不見，一陣子沒見您了。」

「呵呵……」客人對於被記住，顯得相當開心。

「最近很忙吧，我以爲忘記我們店了！哥，跟上次一樣，要十份B套餐，還是換一下我們新推出的限量套餐呢？」厲心棠帶著客人走到舞台後的階梯，拾級而上。

「妳居然記得我上次吃什麼！」客人顯得感動異常，「特別套餐是什麼？好吃的話我今天就吃特別的！」

「哥你一定會喜歡！」厲心棠帶著客人上到二樓，那兒的服務人員立刻上前，「這位客人要十份限量套餐，金星包廂。」

客人笑彎了眼，這女孩連他愛的包廂都記得呢！

「唷，小孩子長大了！」一個妖怪走了出來，「人類的孩子長得有夠快，上次明明才是個路都走不穩的小不點。」

「是梅杜莎姐姐太久沒來了，才會覺得我長得快！」厲心棠笑臉迎人，「姐需要什麼嗎？牛蛙大餐？還是來點刺激的？」

「我要那種東西做什麼！不如給我一打男人好好摧毀。」梅杜莎冷冷一笑，「我找妳那位叔叔，他在店裡吧？」

厲心棠口口聲聲的叔叔，就是她的養父、這間店的老闆、員工喊他老大，之所以喊他叔叔，因爲他對「長腿叔叔」很痴迷，畢竟厲心棠的確是他撿回來養大的。

厲心棠略怔，「現在不在，出去辦事了……您先坐，回來我讓他去找您。」

唉——梅杜莎與頭上那一堆蛇同時嘆氣，婀娜的轉過身去，「牛蛙餐還是給我上吧。」

「好的！」優雅一鞠躬，厲心棠端著的笑臉都要僵了。

抬頭直了身子，連二樓的人員都看不下去，畢竟這陣子的厲心棠實在太認眞，人生過得太用力了。

「妳不必這樣的，棠棠，就算拉彌亞不在，我們都還能自處的。」高大的亡者叔叔上前，憂心的勸說。

「是啊，妳放鬆點吧，有事……有事我們還有代班經理嘛！」另一位刺青大哥說得很遲疑，連他自己都不相信。

代班經理……厲心棠聞言只有乾笑，「說到這個，我們的經理一整晚都跑哪裡去了？」

店經理，是要掌控整間店節奏的靈魂人物啊！

拉彌亞不知道是賭氣還是跟叔叔他們吵架了，連句話都沒說就跑了！連她傳訊息都不回，打電話也不接，她想過拉彌亞是不是回去她的世界了，可是叔叔跟雅姐也很怪，只說：「別管她！」

三步併作兩步的往三樓走去，隨便推了一間房門，裡頭一個小正太正抱著養樂多，在看電視。

「這麼閒！下來幫忙啊！」厲心棠忍不住抱怨，「代班經理呢？」

正太指了指隔壁，繼續拆開下一瓶養樂多！厲心棠心累的關上房門，倏地又打開。

「一天不許喝這麼多啦，這樣我會破產！下樓幫忙去！」她口吻變得強硬，「去二樓喔，別跑到一樓混，今天有魔物聚會，你去鎮鎮！」

小正太可憐兮兮的嘟起嘴，眼裡都含淚的轉過頭想博取同情，結果門砰的一聲已經關上了，厲心棠哪有閒工夫跟他玩，焦急的衝到隔壁找代班的店經理。

門一開，就聽見「哎唷」一聲，門撞上了女人的頭，厲心棠連忙道歉，重新緩緩的推開門……有個女人坐在屋子的角落，但她的頭就懸在門後，中間的頸子十彎八繞的纏了無數圈，幾乎塞滿了整間房間。

「我不行！我做不到！我不知道要用黃色的杯子還是白色的杯子，我不知道看見梅杜莎我會不會被石化，那個惡魔看起來就想吃我，還有吊死鬼根本不聽我的話，青面鬼還當眾說我無能，我又不是拉彌亞！我什麼都不會，我連要杯琴通寧，德古拉都叫我自己調……」

厲心棠卡在門口聽著一連串的碎碎唸，她好想抓著長頸鬼的頭往門邊來，用力夾個幾十下好讓她清醒一點。

「小長，店裡需要妳。」她強忍著冷靜說著，「今晚客人太多了，我們需要一個人調度工作。」

「誰都可以吧？不一定要我，我覺得每個人都瞧不起我，我跟拉彌亞不一樣，我不能的，爲什麼會找我？可以找德古拉啊，可以找……」

厲心棠無力的緩緩關上房門，她好想就在這裡尖叫的大喊：啊——

她以爲她想在這裡忙上忙下嗎？闕擎已經失蹤超過一個星期了，杳無音訊！那個特殊警察天天在「百鬼夜行」外頭盯梢，沒事就來找她聊聊，正因如此她不能離開店裡！

可是她一心一意只想知道：上了如月列車的闞擎怎麼了？他在哪裡？

之前國內發生了食人鬼案件，有殘忍的凶手將人類分屍並吃掉，作案範圍之廣，導致國家下了軟性宵禁；警方當然把這件事定調成人爲，但事實上那的的確確就是惡鬼，是運用咒術，將數個靈魂組合起來「食人鬼」。

施咒的人死亡，食人鬼便跟著消失，但是找闞擎麻煩的特殊警察沒有放手！現在闞擎爲了逃避追捕，誤上了如月列車不知所蹤；宵禁解除後夜店重新開張，店經理拉彌亞卻不告而別，雪姬休長假還沒回來，德古拉只顧把妹，小狼還在處理私事，叔叔跟雅姐明明在人間卻忙碌得很，搞得店裡群龍無首，彷彿只剩她——這個唯一的人類——在主持大局。

「棠。」嚴肅的聲音傳來，正咬著指頭的厲心棠趕緊回神，看向樓梯口的中年男子。

灰白頭髮，看上去相當嚴肅，有種不怒而威的姿態，厲心棠皺著眉走向他，她喜歡這個樣子。

「這才是天邪鬼該有的威嚴。」她勉強擠出笑容，「快去二樓……」

「二樓有點小狀況，妳得下去看看。」阿天嚴肅的說著，「我這就去二樓幫妳看著，但妳得去一樓，有幾個亡靈找過來了。」

厲心棠狐疑著，只是幾個亡靈，爲什麼阿天要這麼正經？

她趕緊朝一樓奔去，舞池裡依然熱鬧非凡，DJ放著輕快音樂，人們或跳舞或飲酒盡興，門口接待的正太吸血鬼也已經在樓下等她，有點焦急的模樣。

「別……別別別！」她緊張的止住步，「別告訴我來的亡靈是他……」

淚水瞬間奪眶而出，厲心棠不支的蹲了下來。

「……棠？棠棠妳怎麼了？」正太小淘趕緊上前，「外面有幾個凍死的亡靈，樣子有點可怕，我不知道該不該讓他們進來！」

「我就知道他不上車……嗄？」厲心棠頓了住，抬頭眨著淚眼看向正太，「誰？凍死？」

「對，那幾個亡者身上還裹著冰塊，誰會COS成那樣啦！」小淘有點慌亂，「那簡直像是……活動的冰塊！」

厲心棠瞬間破涕爲笑，抹了抹淚水，什麼呀！她還以爲失蹤的闕擎成爲亡靈找回來了呢！大家幹嘛都一臉嚴肅的要死，嚇死她了。

厲心棠端著職業笑容一路往門口去，「百鬼夜行」入口處除了兩位惡靈保鑣外，還有兩位吸血鬼正太把關，負責分類：人類必須佩帶金色右手環，非人則是左手銀環，所以每個客人都必須過濾，雖說亡者一般會以死狀出現，但店內提倡扮裝，也不會有人察覺，只是今天……

厲心棠站在屏風邊，非常困擾看著眼前三個「冰雕」。

他們是亡者，是活活凍死的亡者，誇張的是他們身上都還覆著一層厚厚的冰：一位西裝筆挺，一位女性看起來正在敲擊著什麼，另一位還跟汽車座椅黏在一起。

「他們是凍死的。」小淘在她耳邊低語，「而且不是普通的凍。」

是的，從小被妖魔鬼怪養大的厲心棠當然知道，他們全身裹著一層厚達十公分的冰，臉色發紫，凍到五官都無法說話，能夠找到「百鬼夜行」，完全靠最後一絲直覺，只怕是殘存的靈魂瞬移過來的。

不能走、不能言語，這要進入「百鬼夜行」也很難，而且冰塊厚成這樣，根本不可能用「妝扮」糊弄過去。

但是，現在讓厲心棠最擔心的不是該怎麼解釋這三位不速之客，而是——

「快點去查！雪姬現在人在哪裡？」

在M山腳下的村落裡，一大群人進進出出的忙碌著，有醫護人員、也有好奇的人們，更有當地人民，爭著送美味的食物，就是想好好餵飽那群看起來凍壞也餓壞的登山者們。

劉子鈞他們其實身心俱疲，大家深怕氣候異變所以趕著下山，再加上「撿」到一個突然出現的人，更怕他出事的拼命往山下趕；嚮導中途便聯繫了救援隊，讓他們到半路支援，好讓那位男子早日就醫。

「應該沒事吧？」隊長捧著熱湯，感覺無比幸福，「我其實看那個人都能跟我們走下來，應該沒什麼事。」

「從那麼高的地方摔下來都能沒事……雪有這麼鬆軟嗎？」隊友一直不敢相信，但活生生的人又讓他不得不信，「我覺得就算不死，也該會骨折什麼的……」

但除了冷之外，那個人眞的沒有任何異常。

「都沒有，就只是身體虛了點，我們的裝備勉強讓他保暖而已。」劉子鈞跟闕擎住同一個帳篷，很清楚他的狀況，「他話也不多，至今也沒說出爲什麼會在那裡，還有那輛火車是什麼。」

小雪救下他後，所有人合力把他扛進帳篷裡，每人拿出一件衣服讓他取暖，給他煮熱水喝，他看上去非常沉靜，除了道謝外，其他大家所好奇的問題，一概不知道。

劉子鈞隔天天一亮，就跑上去想看看到底從何而來的火車，結果他沒有看到任何軌道，也沒有什麼火車站，昨天大家看見的火車，該不會是懸浮列車吧？

結果這麼想的不只他一個，才要回帳篷時，就遇到了隊友們，大家都想來找找，鐵軌究竟在哪裡？火車是從何而來？山裡被這種劇烈的震動影響，居然也沒任何雪崩，他們每個人竟平安的下了山。

「火車？怎麼可能？」當地的村長皺著眉，有些擔憂起這群登山客，「你們累了，快休息吧。」

「不，真的是火車！叩隆叩隆的從我們每個人面前經過，那個病患還是從火車上被扔下來的。」隊長語重心長的回答，「我們沒有受傷，不可能會集體幻覺的。」

「這上面不可能有火車，我們鎮上的火車有就這一條，上頭的鐵軌要怎麼鋪？那震動不讓雪把這兒都埋了？」另一位大叔也搖頭嘆氣，「你們都太累了，你們說的那個人，我看也沒什麼事。」

餘音未落，木門被推開，白色外套的女人走了進來，劉子鈞一見到她即刻上前，「小雪！那個人沒事吧？」

「沒事，只是營養不足，有點脫水而已，醫生已經幫他打點滴了。」小雪就是來告知大家的，「你們看起來臉色都不好，今天早點睡吧。」

「就是就是！」村長吆喝著大家離開，「好好睡一晚，明早起來就沒事了。」

「他睡了嗎？要不要去陪他？」劉子鈞熱心的問道。

「不必了，我會陪著他。」小雪自然的回應，「晚上可能會有風雪，還是待在屋裡保暖的好。」

劉子鈞有點失望，小雪對那個男人有點上心啊！自從救了他之後，小雪幾乎都在照顧那個男人，對他……就沒之前那麼積極了！闕擎長得很好看，又有種貴族氣息，加上酷酷的模樣，女孩子是不是都喜歡那種？

他不知道這算不算吃醋，畢竟這一路上，小雪一直表現得對他很有好感啊！

「那……辛苦了。」劉子鈞說得有點不太情願，但他沒資格抱怨。

畢竟他跟小雪什麼都不是對吧！

小雪朝大家說著晚安，與村長他們一同離開了登山者木屋。

隊長掀開窗簾看著窗外，認眞的望了眼天空，十分狐疑：「天氣這麼晴朗，爲什麼小雪說晚上會有風雪？」

眾人瞥了眼萬里無雲的窗外，其實提到這點，人人都有點不是滋味。

「還說咧，不是說氣象預報，這兩天會有氣旋，我們才匆匆下山？結果天氣好得跟什麼一樣！」

「這是後話，萬一眞的不好呢？我們根本沒有命在這裡聊天好嗎？」劉子鈞出聲制止這些抱怨，「都是登山經驗者，不要說這麼無知的話。」

剛發話的隊友不太爽，起身就要去找劉子鈞理論，隊長連忙阻止了他。

「夠了！大家眞的太累了，情緒都不穩，睡吧！吃一吃都睡了！」他端起隊長的威嚴，開始緩和氣氛。

劉子鈞搓了搓頭，很快的向大家道歉，他情緒現在很不穩，應該是因爲小雪對那個闕擎的態度，讓他有點敏感。

他縮回床上，翻出手機看著手機封面，手機封面還是他跟女友的照片。不過他有點想換成跟小雪的合照了！望著照片裡的女友，實在是沒什麼感覺了，愛情褪去後變成一種習慣，家人間的相處讓他們之間再無火花。這趟有很多事要做，釐清感情也是其一，但沒想到……會遇到小雪。

他雖然在這個國家出生，但中學後就移民了，小雪是嚮導，只怕是這個村裡的人，有可能跟他在一起嗎？

但他也不可能留下來啊……呿！八字沒一撇就想這麼多，劉子鈞突然覺得自己有點蠢。

窗子開始嘎吱作響，這驚得眾人連忙起身望向窗外，十分鐘前還萬里無雲的好天氣，居然真的開始颳起風雪了！眾人面面相覷，開始佩服起當地人看天氣的技能了。

「有夠離奇，我們在這裡沒什麼事，結果城市聽說凍死了不少人。」隊長將窗子鎖緊，縫繫也塞好布條。

「咦？凍死？山下這麼冷嗎？」

「對啊，剛連網看見的，幾個大城市這幾天都零下，還有零下十度的情況發生，風雪不斷，出現好多凍死的例子。」隊長拿起了手機，「媒體還說，簡直像雪女作祟哩！」

窗外風聲呼嘯，即使有暖氣，關擎還是覺得凍人，下午打了瓶點滴後他好了許多，其實他就是冷到了而已！比較讓他詫異的是，他居然遠在這個國家的另一端，回到首都坐車得一天，否則還是得坐飛機！

「不睡嗎？」雪姬就在門口，遠離暖氣。

「妳……我有一堆問題想問妳，但多到不知道從何問起。」闕擎嘆了口氣，「妳都不知道這陣子店裡發生的事吧？」

「我不需要知道，我現在是年假。」雪姬聳了聳肩，「有拉彌亞在，店不會有事的。」

唉，闕擎重重嘆了口氣，這反而讓雪姬多了絲緊張。

「棠棠出事了嗎？你說過她沒事的！」在他摔下來時就說了。

「沒事，她真的沒事，只是有個食人鬼在人界亂吃人，搞到宵禁的地步，店裡連營業都有困難，我也被警察纏上，總之就是一團亂——最後我被迫跟厲心棠分開，上車躲避，卻來到這莫名其妙的雪山中。」

巧合的與妳相遇，這句話闕擎沒說，他才不會信是巧合。

「食人鬼？有這號人物嗎？」雪姬果然也陷入沉思，「許多鬼都會吃人啊……所以店裡歇業中嗎？」

「嗯……妳都沒跟厲心棠聯繫嗎？」闕擎聽出了端倪，「例如告訴她我在這裡之類的？」

「我說了現在是我年假，我不跟店裡聯繫的。」雪姬露出困惑，「我連店裡的手機都沒帶，真的有重要的事情，老大或雅姐會用我們的方式告訴我……呵，但我這小小雪女，沒什麼大作用的。」

她沒告訴厲心棠啊。

闞擎捧著手裡已涼的熱茶，有一點點點點失望，他下意識往門口看去，他總覺得那門應該會突然被敲響，接著厲心棠會隨時隨地衝進來，還會又哭又叫的問他怎麼了？有沒有受傷？上去火車後有沒有遇到什麼事？

這不意外啊！每次她總是在他不想見的時候出現，無時不刻的……嗯，看來這次是不太可能，只怕她連他人在哪裡都不知道。

「下車」到這裡已經第二天了，她要來早就來了，只是他得知今天日期後變得有些心神不寧，他居然已經上車十天以上了，厲心棠那傢伙，還不把地表都翻過來！

「我最快什麼時候能走？」他變得有點焦急。

「你要的話現在就能走……不對！不行！子鈞一直問你的狀況，橫豎得讓你們說過話才行。」雪姬嘖了一聲，「明天吧，你可以搭巴士離開，或者我用暴風雪送你走。」

「……後面那個方法，我回到首都時還活著嗎？」搭乘交通工具前，理解一下風險是應該的。

「噢。」她無奈的攤手，人類不抗寒不是她的錯對吧？

「嗯，店裡的電話……」闕擎話到一半頓住，他現在其實不宜與「百鬼夜行」有太多聯繫吧？他知道，那、個、人絕對是盯著「百鬼夜行」不放的。

角落裡的雪姬緩緩勾起嘴角，意味深長的「哦」了好長一聲，這讓闕擎頓時竄起雞皮疙瘩，這聲音聽上去不懷好意啊！

「外面有公共電話，你要跟棠棠報平安嗎？」

「沒有，我爲什麼要向她報平安，只是……我療養院裡的人會著急的，我失蹤十幾天了——妳不要那麼激動。」闕擎勸阻了雪姬，因爲屋內開始飄雪了，連雪都在跳舞似的，「我不能聯繫店裡，因爲有警察盯著。」

「警察？」雪姬不解，「我們的店也有警察敢找麻煩？」

哼，程元成沒什麼不敢的吧！闕擎盯著杯子裡的茶，事情都走到這地步，他兩位下屬的死亡即使是自殺，但因爲過分離奇，絕對讓程元成更加抓狂，他們之間的戰爭不可能停止了。

他不否認他做了手腳，誰讓他下屬要找他麻煩！誰讓那位馬克跟他的過去有點關係！

唉，眞煩！這個國家又待不下去了嗎？

「咦？」雪姬倏地起身，她緊綳著身子瞪向門口，闕擎被她也搞得緊張兮兮。

門外有什麼嗎？雪姬感到強大的壓力襲來，下一秒那木製厚門傳來砰、砰、砰的敲門聲。

闕擎一時坐直身子，一雙眼難掩光芒——

「不可能啊！怎麼會……」雪姬突然放鬆，趕緊打開了門。

風雪伴隨著開啓的門吹進，迷了闕擎的視線，等他聽見關門聲後，看見的是熟悉的纖瘦身影，一身黑色西裝的女人站在屋子裡，她一身中性裝扮，及地的頭髮依舊紮著馬尾，一絲不苟，正撥去肩上的雪。

闕擎瞪圓了雙眼，連雪姬都驚呼不已。

「拉彌亞！」

說時遲那時快，拉彌亞頭後那長及地的馬尾瞬間變成蛇尾，咻地打翻這屋子裡一堆東西，一個迴圈到闕擎面前，死死纏住他的頸子！

「呃！」杯子落上床，闕擎根本沒有招架之力，脖子已經被蛇尾纏住。

「拉彌亞！妳幹什麼？」雪姬緊張的上前，纖手擱在蛇尾上，「有話用說的啊！闕擎做錯了什麼事嗎？」

「這傢伙都跟妳在一起嗎？棠棠都已經快瘋了，他還在這邊悠閒？」拉彌亞雙眼轉為蛇眸，怒不可遏的瞪著已經被拖下床的男人。

天地良心啊……闕擎仰著頭，伸長手向著拉彌亞，是說死刑前都會給犯人一點說話的機會吧！

「我前兩天才遇到他而已！他很神奇在高山裡出現的，還是從一輛火車上跳下來的！如果不是剛好我在那兒，他已經摔死了！」雪姬焦急的在蛇尾上製造出一層薄冰，「拉彌亞，妳冷靜點，別弄死他了！」

拉彌亞斜眼睨著雪姬，蛇尾唰唰唰地收起，眨眼間又成了那束普通的及地長馬尾。

「咳咳咳……咳咳咳……」闕擎趕緊掐著自己的脖子，痛苦的呼吸新鮮空氣。

「哎！」雪姬趕忙去倒水，但從保溫瓶倒出的熱水一過她的手，立刻就成冰塊了。

拉彌亞怒氣降了許多，看著闕擎依然不順氣，搶過雪姬手上的瓶子，重新盛了杯熱水，隻手拎起他往床上甩去，再用力把杯子塞給他。

闕擎無力的喝下水，調整呼吸，有氣無力的靠在牆邊，看著坐在他床榻那怒氣沖沖的身影。

「我也很高興見到妳。」他失笑出聲，這都什麼跟什麼啊！

「你這陣子都在哪裡？」拉彌亞嚴厲的質問著。

「列車上，我以爲我只在那邊待了一小時，車上一直都是白天……直到我睡著前，我都不知道這裡過了十天。」闕擎再喝了口熱水，他聲音還是啞的，「然後就託雪姬的福，救了被扔下車的我——我沒跳車，我眞的是被列車長丟下來的。」

「啊？這麼巧，剛好我在那兒。」雪姬眨了眨眼，「那車是什麼？很邪門，車子走的是雪憑空組成的軌道，經過後軌道就崩了。」

拉彌亞緊繃的肩頭又再軟了些，吁了口氣，「棠棠說他上了如月列車，都市傳說。」

「什麼？」雪姬的嘴張成O字型，在驚呼的瞬間又變成雪白的雪姬，「那不是我們該觸碰的——」

「所以我才找不到你啊，我想著死也要見屍！」拉彌亞聲音已然完全恢復平日的穩定，「沒想到你回來後會在雪姬這邊——妳又開了結界嗎？」

「我年假。」雪姬淡淡一句，闕擎卻聽見了一絲不悅。

「又遇上誰了？」拉彌亞全然背對著闕擎，卻迎視著站在門邊的雪姬，「妳比我們都明白，那個人是不可能在的。」

「管好妳自己的事就好了，拉彌亞。」雪姬的表情變得相當可怕，「我的事不用誰來操心！」

啪嘰——暖爐一秒結冰，闕擎手裡的杯子也瞬間迸裂，他嚇得高舉雙手，拜託一下，他可是人類啊，兩個妖怪打架他可是池魚之殃。

「我才懶得理妳！我是來找這小子的。」拉彌亞頭也不回，反手向後就拉過闕擎，「走，我們回去！」

「不行！」雪姬一個箭步上前擋住，「他至少得再多留一晚。」

闕擎被粗暴的拖下床，連穿鞋都沒辦法，就在凍死人的地板上跳著跳著的往前，他實在很想說兩句……但看這劍拔弩張的氛圍，多說一句他都會死無葬身之地吧！唉，他深深瞭解「百鬼夜行」的店規第一條，為什麼所有妖魔鬼怪進入店裡，都禁止打架了。

厲心棠的那位「叔叔」可謂用心良苦啊！

哼！拉彌亞自鼻孔哼氣，手一揮——一旁的衣櫃門自動敞開，闕擎都還沒搞清楚發生什麼事，就被扔進了衣櫃裡——可是雪姬纖手一揮，硬是在空中劃出一道冰牆，擋住了闕擎的去路，讓他狠狠撞上那冰牆！

「哎……等等等！等一下！」他忍無可忍的撫著胸口，退到兩個女人中間，「這裡有位人類，我是人好嗎！麻煩兩位高抬貴手……再這樣下去不死也半條命了。」

兩個妖怪分站左右，劍拔弩張。

「闕擎必須跟子鈞見過面後才能離開。」

「我現在就要帶他走，妳跟妳那個負心漢的事，扯闕擎做什麼？」

哇喔！拉彌亞說話可眞不客氣。

「我有劉子鈞的聯絡方式，我有抄他的ＩＤ，我回去後拿到手機加他，告訴他我有事先離開，如何？」闕擎把握時間，立即跟雪姬說，「這樣他不會起疑，妳也裝不知情。」

雪姬挑了眉，雪白的長睫毛眨呀眨，緩緩點了頭，「天亮前就得傳。」

「可以。」闕擎顫抖著，他全身穿得單薄，腳下連一雙鞋子都沒有，是可以閃人了。

拉彌亞身後的蛇尾還是很不高興的繞到前頭來，啪得打碎那扇冰牆，拖著闕擎朝衣櫃裡去。

「快點把那個什麼鈞的都做成裝置藝術，回來吧。」拉彌亞回首看著雪姬，「店裡現在多事之秋，我要縮短妳的年假。」

磅！衣櫃門關上前，闕擎都能聽見那像風聲呼嘯般的尖叫聲：「拉彌亞！」

第三章 歸來

厲心棠與青面鬼站在寒氣逼人的店門口，九十度鞠躬的送走最後一個客人，確認車子駛離後，她才直起身子，搥搥腰背，有氣無力的轉回身。

「拜託快點關門！冷死了！」邊說邊打了個哆嗦，都幾月了爲什麼還這麼冷！

瞥見神清氣爽的小淘，每次這種時候她就非常羨慕這些非人，都不會累的。

「棠棠！」小淘忽地雙眼凌厲，朝門口瞟去。

厲心棠內心奔過一千隻草泥馬，但還是暗暗做了個深呼吸，從容的轉過身。

「我們關店囉，不收客人了。」她悻悻然的說著，反正對方不會聽。

兩個男人繼續前進，手裡拿著以爲出入無阻的證件，「警察。」

「沒有搜查令不能亂進。」厲心棠爲了應付這些有牌的流氓，最近把民法看得清清楚楚。

「只是例行檢查，問幾個問題。」程元成笑咪咪的說著，「順便要杯水。」

哼，厲心棠朝一個走出來的吊死鬼彈指，「端兩杯水出來給兩位警官。」

「眞不請我們進去坐啊？」程元成一臉可憐樣，「該不會裡面藏了什麼不可告人的東西吧？」

「我比你還想找到闕擎，我可以告訴你，他人不在，而且他失蹤了。」提起這個，厲心棠就不客氣了，「你說你身爲一個警官，還什麼特殊警察？既然視闕擎爲眼中釘，那爲什麼十幾天了，連他的人影都找不到呢？」

音量由小到大，由平靜到激動，厲心棠多想揪起程元成的領子搖晃：闕擎人究竟在哪裡？

她不敢問芃姐姐，上了如月列車的闕擎究竟怎麼了？他究竟能不能回來？因爲上次她失口叫出「芃姐姐」時，姐姐便已經察覺到了，事後還反問她：她們又不熟，爲什麼她可以這樣親暱的稱呼她？

她又不能說實話！不能因爲我們都是被叔叔撿到的孩子、因爲我們一起長大、因爲叔叔讓妳回去正常世界過生活，所以洗掉了妳的記憶！

她什麼都不能講！不敢問芃姐姐，自然也不敢去問小靜姐，他們都是認識的，一問就怕牽扯出更多的事。

她心急如焚，但拉彌亞卻突然消失，宵禁一解除，大家就跟瘋了似的衝出來，「百鬼夜行」的生意好得不得了卻群龍無首，換了個神經質的代班經理毫無用處，最終得她一個人類來控制場面。

身心俱疲，最重要的是她找不到闕擎啊！

程元成看著厲心棠雙眼含淚的模樣，不太像是演的，看上去這女孩非常著急啊。

「我們沿線都找過了，沒有他的身影。」他質疑的看著她，「我眞不相信妳不知道他在哪……」

「我不知道！我不知道！我不知道！」厲心棠氣得怒吼，「我多想知道他在哪裡啊！我擔心死了好嗎！」

淚水控制不住的飆出，但厲心棠才不想在這個找闕擎麻煩的警察面前落淚，她緊咬著唇，用力抹去淚水。

「就算闕擎眞的在這裡，你們警察找他要做什麼？據我所知，他沒有犯什麼罪吧？」小淘出聲了，「爲什麼還不撤銷他的通緝令？」

「屋子裡的人都是自殺的，闕擎早就離開那裡，橙子姐姐可以作證，是她載著他離開的！我也是目擊證人。」厲心棠提到這個就有火，「你刻意不撤銷通緝令，就是擺明了想陷害他，到底爲什麼就是不放過他？」

「自殺？妳信嗎？」程元成眼神變得凶惡，提起這件事他便怒從中來，「我的兄弟我會不清楚？馬克跟良凱他們沒有自殺的可能，只有追捕闕擎的渴望！再說那醫生，正常人誰會拿刀一片片割下自己的肉？」

厲心棠握了握拳，深吸一口氣，「我不知道爲什麼，但我相信法醫鑑定，章警官跟我說了，就是自殺。」

「是，他們自殘、醫生自殺，闕擎的養父全家也自殘，連當年古明中學的四十四名學生也是集體自殺，在他身邊每個人都是自殘，妳眞的覺得這跟他毫無關係嗎？」程元成吼了起來，「妳看過他的檔案，這每件事他都脫離不了關係！」

「都說是自殘了，自己殺自己，那就不是闕擎做的！」厲心棠也不客氣的回以怒吼，「充其量只是跟他有關，但不是他殺的！」

厲心棠這話的力道弱了些，因爲她也知道，這太詭異了。

「妳知道他在來這個國家前的最後一個案子，也是一場集體自殘案嗎？」程元成冷冷的說著，「一百四十幾個人，一整棟樓，男女老幼全部都互相殘殺而死，永遠，只有一個倖存者。」

闕擎。

厲心棠下顎收緊，她想起之前在歐洲時，在莊園古堡裡……那個對吸血鬼迷戀的人。

深惡痛絕的恨意傳遞過來，厲心棠詫異的看向眼前的程元成，她又感受到強烈的血腥、暴力與殘虐，赤裸裸的恨意都是針對闕擎的！

「我不可能放過他的，他就是個惡魔！」程元成毫不掩飾自己的目的，「就算與全世界爲敵，我也不會放過他！」

程元成繃著身子，再轉身離開「百鬼夜行」，小淘趕緊趨前把大門關上，同時上吊鬼端著茶水走出，錯愕的發現客人已經離去。

厲心棠緊握著雙拳，指甲都要嵌進掌心了，抓起兩杯水逕自灌了下去，怒氣沖沖的轉身繞過金色屏風，步入一樓現在已在打掃的舞池大廳。

她每一步都跺得極用力，氣急敗壞的就著最近的小圓桌先坐上去。

「他們每天都來找麻煩，不能吃掉他嗎？」小淘很認眞的問。

「不行！你想被叔叔趕出去嗎？」厲心棠看著憂心忡忡的小淘，趕緊緩和自己的情緒，「人類有人類的做法，眞的把那個程元成解決了，還會有別的警察，我們要解決的是事件。」

「那就都吃啊！」小淘不能理解。

厲心棠嘆口氣，拍了拍小淘，「沒事的，我會想辦法的……闕擎也會想辦的。」

她得穩著啊，她的情緒會影響到店裡的大家，每個人都會爲了想幫她解決事情而過度用力，人類的事還是只能人類處理，她越發知道叔叔跟雅姐的用意了。

對人類來說，「百鬼夜行」裡就算一個亡靈的力量都強得太多，過分干預人界的事情，有時不一定會是好的結果，後面發生的連鎖反應，誰都無法預料。

「來，先喝點吧。」俊美的金髮男人端著熱騰騰的洋甘菊茶前來，溫柔的擱在她面前，「然後得想想那三個冰雕怎麼辦。」

他大手一揮，屏風邊厚帘下的三個冰人顯影而出，這三座是真的搬不動，所以剛剛德古拉緊急救援，先將他們隱藏起來了。

唉，看著那三座冰雕，厲心棠心頭又是一緊。

「你為什麼不幫忙？你明明能代理拉彌亞的啊！」厲心棠不忘抱怨。

「我這種絕世美男要負責在吧台跟客人聊天，我哪有空四處巡店！」德古拉根本懶得接店務，「而且妳也把店安排得很好啊！」

「好？好個頭！二樓那種大魔物來，我一個人類怎麼鎮得住啦！還得靠阿天！」厲心棠抱怨著，抱起溫暖的杯子喝了幾口，這天氣真的冷死了。

是啊，她看著那三座冰雕，真的是冷死了。

「這是雪女才做得到的事，靈魂僅存一絲，只是殘存的魂被『百鬼夜行』吸引過來。」厲心棠起身打量起三個凍死的冰雕，「他們的靈魂大部分都被吃掉了。」

「雪姬姐並沒有依靠吸食人類靈魂為生啊，她為什麼要這樣做？」小淘相當不解。

「這不是我們家的雪女做的。」厲心棠斬釘截鐵，「這才是我覺得累的地方……」

如果不是店裡的雪女，就代表外面還有另一位雪女存在，而且已經殺了三個人。看著兩男一女的冰雕，都是普通人的樣子，每個都瞠大雙眼的死不瞑目，表情凍結在最痛苦的那瞬間，下手的雪女是刻意折磨他們的。

「是因爲下雪……所以才有雪女嗎？」正在掃地的男人好奇的問，他也是新來的，車禍身故的亡者。

「不，反了！」厲心棠嘆了口氣，「是因爲有雪女，天氣才會一直處於嚴冬狀態。」

德古拉都沒作聲，他繼續回到他的吧台，得把今天的杯子洗好，吧台清潔乾淨……啊……他漫不經心打了個呵欠，天亮了，他也要回去睡了。

嗯？他倏地往樓上看去！

「死後能瞭解的事眞多，我還不知道眞的日常都有雪女存在啊！」男人一副學到的樣子，這間店裡的一切都令他感到新奇。

「只要在雪裡死亡的人，都有機會變成雪男或雪女的，尤其是懷有執念的——跟你一樣。」厲心棠笑得溫和，「等你想起你為什麼徘徊不定，就會離開這裡了。」

車禍男一臉忡忡，他是眞的不知道自己爲什麼會來到這裡，他連車禍都不記得，只是看著自己骨頭盡斷的死狀，才知道自己是車禍身故的。

小淘望著冰雕，亦若有所思。

「他們的靈魂如果都被吸掉了，那就算來店裡也無法回答我們問題吧！這樣也不會知道那個雪女在哪裡了。」

「嗯，他們連變成亡靈都沒有機會，就剩下這一縷幽魂，如果在外面飄蕩一下就會被吃掉……」厲心棠思及此，突然覺得不安。

會不會其實有更多被另一個雪女吃掉靈魂的人，來不及到「百鬼夜行」就已經被其他亡靈或惡靈呑併了？這個城市裡的雪女，到底是從哪裡來的？

煩死了！「食人鬼」的事才剛結束，現在又有一個「雪女2號」在外面遊盪！

算了！只要不造成太大傷害，或是對店裡造成什麼影響，她就先假裝不知道吧！現在如何讓「百鬼夜行」穩定經營，把之前停業時跑掉的妖魔鬼怪找回來，還有最重要的是——找回闕擎！

「跟我們的雪姬休假有關係嗎?她休假，所以另一個雪女就來了?」青面鬼不解的問，因爲在他們的世界裡，雪女只有店裡這位。

「雪女就是在雪山裡形成的，哪有這麼容易下山啦!我們的雪姬是活了幾百年的特例，就連她下山也是被人帶下來的!」厲心棠端著馬克杯走回吧台，她等等決定找找新聞，看看最近有哪些凍死人的事件。

啊……又打了個呵欠，她已經有些支撐不住了。

「別搞壞身體了!妳最近都睡眠不足的樣子。」其他的鬼們也很憂心，「妳今天要不要請假啊?」

請假?代班的長頸鬼一點都不能寄望，德古拉鐵定不管事，阿天神出鬼沒，叔叔跟雅姐不知道在忙什麼大事，就這種狀況，她哪能休假啦!

她連去找闕擎都辦不到，去幫他看一眼精神療養院的現況都無法，還提什麼……嗯?

「德古拉，怎麼了?」她感覺到震驚情緒。

正在擦拭玻璃杯的德古拉明顯一頓，抬起頭來望著她，瞇起的綠眸裡充滿疑惑。

「爲什麼這樣問我?」

「咦？因爲你——」落在樓梯上的腳步聲，徹底的讓厲心棠分了心。

她轉動了吧台前的高腳椅，轉向左側看著舞台旁那厚重簾幕後的樓梯處，這個腳步聲……她好久沒有聽到了！

不急不徐且沉穩，足尖先著地，厲心棠滑下了高腳椅，急急忙忙的朝著樓梯那兒奔去——同一時間，來人步下樓，隻手揭開了簾幕。

厲心棠眼淚瞬間飆出，二話不說直接朝著來人奔去，狠狠的便撲抱上去！

「闕擎！」

「哇噢！」面對這衝力加速度，闕擎勉強穩住身子，穩當的接住了撲進懷裡的女孩！

變輕了？也變瘦了吧……他輕拍著她的後腦杓，尷尬得不知道該說什麼，但是卻無法否認自己非常非常想念這種圈著他快窒息的感覺。

一屋子人又驚又喜，卻也尷尬得不知道該做什麼表情，厲心棠嗚咽的哭聲迴盪在整個舞池大廳裡，德古拉揚起嘴角，略微打量一下闕擎，他也回以眼神示意：好久不見。

嗯，這小子現在的狀態也不太適合喝酒，他可以收收下班了。

「嗚哇哇啊啊啊——你跑到哪裡去了？爲什麼都沒一點回應？是不會報平安

嗎？芃姐姐說你上的是如月列車我都快瘋了，那裡我們去不了也不知道怎麼去，一般去的人都沒有回來過，我不知道去哪裡找你也不敢問芃姐姐，那個姓程的每天都來這邊找我麻煩，但是好不容易夜店才剛恢復運行，拉彌亞又不在，我完全沒有時間出去找你啊……」

這連珠炮的抱怨與委屈伴隨著眼淚而出，闕擎就是任她哭，難怪這傢伙看起來瘦了不少！不過提到拉彌亞……他眼神往後瞟去，那沙沙蛇尾拖地聲明顯，正步下樓梯呢。

拉彌亞輕鬆的掠過闕擎身邊往吧台邊走，制止了要離開的德古拉，「馬丁尼。」

德古拉睨了她一眼，退回吧台裡，「這得算加班。」

嘴上這樣說，但他熟練的立刻調起酒來，其他員工則是興奮的衝到拉彌亞身邊，她終於回來了。

「拉彌亞！妳不知道店交給長頸鬼完全不行！」

「她連要用哪個拖把都要想半天！」

「換個甜點可以碎碎唸兩小時！搞得廚房不知道要怎麼做！」

眾人你一言我一語，厲心棠滿臉是淚的小臉終於回頭，看著優雅坐在高腳椅上的拉彌亞。

「拉彌亞啊……妳跑去哪裡了？」哀號聲起，厲心棠又衝向了拉彌亞。

看著女孩跑來，拉彌亞趕緊跳下椅子，好緊緊的抱住這個她最疼愛的女孩……闞擎大口呼吸，感謝拉彌亞救援，給了他換氣的機會。

相見歡就厲心棠一個人哭得一把鼻涕一把眼淚，抱怨一堆，委屈巴巴的，然後轉身又拉過闞擎，緊張的檢查他哪兒傷著了碰著了。

德古拉將馬丁尼推到拉彌亞面前，「妳這幾天扔下店，就是去找那小子？」

拉彌亞沒直接回應，逕自端起啜飲了一口，「他一旦失蹤，棠棠就會寢食不安。」

所以，是爲了棠棠啊。

「店裡這幾天……還可以，棠棠很有能力，我倒是挺意外的。」德古拉漫不經心，「我本來想擺著爛，看能到什麼地步，畢竟兩位老闆也都撒手不管了。」

「是嗎？老大他們在忙惡魔的事吧？聽說不少魔物往人界竄。」拉彌亞環顧四周，默默計算著少了哪些人，「好幾個沒回來上班，出事了還是在人界殺過頭了？」

德古拉懶得回答，他才沒興趣去調查這種事！揮揮手說要睡了，拉彌亞禮貌的朝他道了晚安；接著她轉過高腳椅，拿著馬丁尼，悠哉的看著依舊喜極而泣的厲心棠，泛起了幸福的笑容。

要往後走的德古拉回首看著那一幕，歛起總是掛著的笑容，雙眸也變得深沉……這是不好的跡象，拉彌亞太過看重棠棠了！

「一天？才一天？」

厲心棠驚愕的望著闕擎，再從上到下打量了一次，她在這裡擔憂了十幾天，結果闕擎說他不過上車一天罷了。

「車上眞的沒有時間感。」闕擎其實沒什麼時間觀念，他沒錶啊，「我在車上眞的只有一下下，然後被推下火車、再隔天就被送下山了。」

「被推下火車……」厲心棠用力一個深呼吸，「不能到站好好讓你下車嗎？」

闕擎輕笑，「我沒事，雪姬剛好在那邊，她救了我！妳知道這樣就好，問太多妳消化不了。」

「我又不笨，我記憶力很好的……」厲心棠下意識回頭，看向門口的冰雕，「你遇到雪姬的話，那她應該在M山脈那邊。」

哇！闕擎挑了眉，看來那是雪姬的年假預定地啊，大家都知道！他同時也留意到厲心棠的目光所及，三個冷凍般的人。

「凍死的亡靈？」他好奇的起身，他是日常就能見鬼的人，這輩子看過的亡者不計其數，但還真的沒見過這種死法。

他幼時生長在國外，冬日大雪，餓死凍死的人常有，但都不會是這般……外層裹著冰塊般，連睫毛髮絲都能結霜；他走到三座冰雕面前，與其說是凍死，不如說他們像是曝露在雪地裡數十天、雪上加霜才凍得出這樣的屍體。

彈了幾下指，這些冰雕動也不動，一旁掃地的車禍亡靈擺擺手，「他們靈魂都被雪女吃了，沒辦法變鬼了。」

「不是雪姬。」闕擎回頭看著走來的厲心棠，「她都在M山脈，她有她的目標……看來這些天天氣很冷啊。」

「雪下個不停，還低溫不斷，外頭應該有雪女2號姬，但那不是我們該注意的。」厲心棠毫不掩飾的緊緊挽住他的手，「現在煩人的是程元成，我真的希望他快點滾。」

嗯……剛剛的連珠炮他聽見了，程元成果然每天都來找「百鬼夜行」的麻煩。

「我有點累，我想先休息，什麼事明天再說吧。」他任她挽著，兩個人緩步準備回到樓上，「妳也該休息了，眼窩都凹了。」

「嘿，你安全回來，我一定會睡得很好。」她咧開了嘴，一臉燦爛。

闕擎看著她那發自眞心的笑容，實在有些動容。

兩人經過拉彌亞身邊時，厲心棠又衝上去將拉彌亞抱了個滿懷，不停的說著謝謝，她知道是她把闕擎帶回來的。

「謝謝。」闕擎由衷感激。

「不需要，我是爲了棠棠。」拉彌亞寵溺般的看著厲心棠，女孩興奮的在她臉頰啾了一下。

這一下，會讓拉彌亞覺得心臟跳動得飛快，甚至有股熱浪在她胸臆間擴散。

他們回到三樓，穿過了那詭異的空間門，來到另一個空間的寬敞屋子，這便是厲心棠的家，一個堪稱世外桃源，也不會有任何魍魎魑魅的地方，他在這裡有個房間，是難得可以睡得安寧的地方。

厲心棠很堅持的送他到房門口，他明白這傢伙絕對有一肚子的問題想問，還有一堆話想說，但她知道他喜歡安靜，也不想交代過多，所以都忍下來了。

「就讓妳問一個問題吧，雖然妳想問的應該有一百條。」臨進門前，闕擎開放一個問題額度。

厲心棠有點緊張的看著他，一堆問題在腦子裡飛快的繞著，她腦子裡其實一片混亂，但一時之間眞的不知道該問什麼。

闕擎平靜的看著她，他已經做好準備，不管她問什麼，他都能好好回應⋯⋯例如，他是什麼？

這個問題的答案，列車上的人告訴他了，他很迷惘，但似乎這不是他否認就能捨掉的身分。

「你⋯⋯」厲心棠彷彿鼓起勇氣的張開嘴，卻又頓了住。

嗯？他微側首，請說。

「歡迎回家！」

她眞心的笑開了顏，眼角還滲著淚水，但是她眞的眞的，好高興他能平安歸來。

闕擎怔怔的望著她，沒有預料到的問題，她卻只是說了歡迎回來。頷首道謝，晚安兩個字梗在喉頭隨意發聲，他轉身進了房。

關上房門的剎那，他重重的嘆了口氣。

回眸看著這未曾變過、依舊一塵不染的房間⋯⋯他已經不記得，上一次有人跟他說歡迎回家⋯⋯是什麼時候的事了⋯⋯

他，沒有家啊。

孩子的哭鬧聲響徹雲霄，女人好奇的探頭，只見櫃檯邊有個小小孩，在那兒又哭又跺腳的，委屈至極的哭喊著；整間便利商店的人朝櫃檯的方向望去，看似父親的男人顯得相當為難。

「別鬧！不行就是不行！」他尷尬的拉起孩子的手，就要拖離櫃檯邊，「走了，你擋到別人了！」

「我不管！我不管！說好要買冰淇淋給我吃的！」小男孩撒潑般的索性坐在地上，「不能說話不算話！」

「是說你要考得好才有的！」爸爸焦急的試圖拉起孩子，「不要這樣！你在鬧什麼！起來！」

「我不要我不要！我就是要吃冰淇淋！哇哇啊啊啊！」

孩子哭鬧不休，完全沒有要罷休的意思，這哭聲都讓大家覺得不快，甚至有人出聲安撫了，「阿姨買給你吃好不好？」

「別別，不要這樣，當初說好了他考試平均得到九十五才能吃冰的。」父親趕緊勸阻，「他沒達到就不能買！」

原本聽見有人要買給他而收聲的孩子一明白沒望，又開始哇啦啦的哭了起來，父親實在尷尬極了，用力將他拽離地面，拖出了店外。

女人拿著牛奶跟麵包排在隊伍後結帳，眼睛仍舊看著在便利商店外爭執哭鬧的父子，隊伍裡的人各自評論，有人覺得不過一支冰沒什麼，但也有人認爲父親這樣的教育是對的，總要說話算話，否則下次孩子沒達到要求也會索要東西了。

「你夠了吧！上車！你自己沒考到的，不能要求這個！」爸爸指著停在門口的車子，「我不會再慣著你了！」

「我會考好的，我下次一定考好！」孩子嚷嚷不休。

「不行！你上次也這樣說，但每次都沒唸書！還亂寫考卷！」父親也惱了，「之前的寒假作業到現在都沒寫完，老師交代的功課都不做，之前每次都先領了獎保證會做好，就沒一件達成，我這次絕對不慣著你！」

「啊——我不要——」男孩刻意拉開了嗓門，哭得像是被家暴一樣，「放開我！我就要吃冰淇淋！」

即使眾人指指點點，父親還是硬著頭皮把男孩抓上了車，男孩死命掙扎的模樣，要不是在旁看見全程，眞以爲他像是被綁架的孩童似的，誰會知道就只是要一支冰。

孩子進了車子裡後繼續嚎啕大哭，父親氣得滿頭大汗，反鎖上車門後，又急匆匆的走回便利商店裡，要把剛剛落在櫃檯上的物品一一結帳。

女人看著車子裡的男孩，原來是個不守信的慣犯啊。

叩叩，女人敲了敲窗戶，男孩哭著轉過去，按下按鈕降下了玻璃窗，外面站了一個漂亮的阿姨，正朝著他笑。

「你想吃冰嗎？」她伸手遞出了冰淇淋，正是與便利商店一模一樣的草莓口味！

「哇……」眼淚一秒止住，男孩高興的接過，卻又瞬間猶豫的轉頭，看向便利商店裡的父親。

「沒關係，你就拿著，這是專門送你的。」她笑得冷豔。

「謝謝！」男孩開心的接過，立即大口的吃了起來。

女人眼神轉冷，直起身子離開車邊，淡淡說了句，「不客氣。」

店裡的父親剛結完帳瞥了眼，看見車邊有個女人經過，但他沒留意到她剛剛有所停留，只想著趕緊把東西抱著回到車上。

坐進車裡，一提袋的東西擱到副駕駛座上，趕緊回頭看向孩子，幸好這小子沒在鬧了。

「你就好好的——咦！你這冰哪來的？」父親一回頭，只見孩子正在狼吞虎嚥的吃著冰，「這誰給你的？」

「一個漂亮的——」男孩雙眼發光的說著，卻突然痛苦的一顫身子！

好痛！他感受到喉嚨有點痛，然後小手摀著頸子，全身驀地僵硬，下一秒冰淇淋從手上滑掉，孩子張大嘴痛苦的望著父親，卻一個聲音都喊不出來，然後淚水跟著噴了出來。

「阿寶！」父親嚇得下車，趕緊打開後座車門搖著孩子——咦！好冰！

「啊……」他吃力的吐出兩個字的同時，鮮血跟著自嘴裡流出，好痛！他的身體裡好痛！

「阿寶！幫我叫救護車——快叫救護車！」父親對附近大喊著，他抱著寶貝兒子，但他完全全身僵硬，且冰冷的卡在他懷裡。

剎！一根尖銳的三角冰刺驀地穿出了他的喉口，鮮血噴了父親一臉。

「哇啊啊——救命！救命啊！」

天空，又開始飄下了雪。

馬路的對面，站著纖瘦的女人，她手裡拿著一樣的冰淇淋，一口一口的吃著……希望你喜歡啊！那可是專門爲不守承諾的人特製的冰淇淋啊！

第四章 凍屍

男人俐落的收拾著行李，嘴裡還咬著塊硬麵包，不時的看著錶，深怕自己慢了趕不上車子；木屋敞開的門外站著躊躇的女孩，她才剛到餐廳就不見劉子鈞的身影，聽他們隊友說，他似乎急著要回國，隨便吃兩口就說要回去收行李了。

劉子鈞不是他們國家的人，他住遙遠的T國，這次是爲了登山才回到這個國家的，女孩沉下臉色，還是在門外敲了敲門。

「進來！」劉子鈞頭也沒回的塞著行李。

聽著近乎無聲的足音，劉子鈞回過頭，果然是小雪！他有點緊張的放下了手裡的事。

「小雪！我才想說等等……去找妳呢。」見著小雪，他心跳會有點快。

「你要走了嗎？」她望著他，看起來也是滿臉失望，「終究還是要離開啊……」

「嗯，突然有點急！主要是這裡太偏遠了，我想越早出發越好。」劉子鈞搔了搔頭，「搭第一班車的話，今天都不一定到得了首都！」

「首……啊？」雪姬一愣，「你要去哪裡？你不是要離開？回國？」

「沒有，我要去首都！」劉子鈞忙不迭的拿出手機，「看，闕擎留給我的訊息，他邀我去首都玩玩的……」

雪姬驀地握住了劉子鈞的手，看著手機螢幕，闕擎跟他報平安外，眞的多寫了句：希望你有空能來首都玩玩，我們再見面聊聊。

那個闕擎？邀請這個在山裡才認識兩天的陌生男子聊聊？

「其實我之前本來就有想去首都，但……就是正在掙扎，看見他的邀約後，有種註定的感覺，所以就下定決心了！」劉子鈞嘆了口氣，「說走就走！第一班車是半小時後，我可不想錯過。」

「我跟你走。」雪姬語出驚人。

「咦？」劉子鈞是眞的嚇到了，他呆呆的看著她，「那個、那個小雪……什麼跟我走的……」

這話聽起來，怎麼有點像電視劇裡的私奔場景啊！

「我住首都，順路一起回去吧！」雪姬甜甜一笑，「我剛好也要跟闕擎見面！」

「喔喔！妳……妳住首都？」劉子鈞可驚訝極了，「我還以爲妳住、妳是這裡的嚮導……所以我以爲妳住在這個村。」

雪姬笑而不答，只是淺淺搖了頭，「那我去收拾行李！」

他沒有要走！還要跟她一起回首都！雪姬突然覺得心花怒放，說不定這個他，跟那些「他」都不一樣！

她愉快的轉身離開，要離開小屋前，還回眸看了劉子鈞一眼……哎呀！小心臟如遭重擊，不行啊！

他一顆心七上八下的，他好像越來越喜歡小雪了怎麼辦？現在又能一起搭車去首都，哇，只有他們兩個人一起。

劉子鈞緊張得手心冒汗，這麼漂亮的女孩誰會不喜歡？原來是首都圈的人，所以才這樣白白淨淨，跟這裡的人違和感很重，只是……在首都生活的人，居然能做嚮導啊？她對這座山是多熟？

滑開手機，看著桌面的照片，他心裡難掩緊張，但是……嗯！沒事的，就回首都去看一眼吧！

厲心棠騎著腳踏車高速前進，她知道後面有警車跟著，但完全不想理睬，一路騎向了首都最大的醫院，俐落的從腳踏車上跳下後停好，進入醫院前還刻意回頭看了眼，充滿挑釁意味。

後方車裡的程元成絲毫不以為意，他就是鐵了心要跟著厲心棠，同仁們的一再犧牲，已經把他的忍耐度逼到臨界值了。

「長官，警車不少啊。」開車的下屬留意到一旁的車子，「那台是不是章警官的車？」

程元成瞥向停車場，果然看見不少台警車，以及這轄區的章警官——那個總愛包庇嫌疑者的老傢伙。

畢竟是這個轄區的人，他這種外來的應該要多幾分尊重，但是老章很明顯的偏坦闕擎與厲心棠、還有那間夜店的人，他特意調查過，老章手上經手的案件都非常離奇，甚至很多毫無邏輯。

之前他曾以此去向上反應時，居然得到了「不要問不要攪和」的反饋，無一人對那些莫名其妙的案件起疑。直到前些日子，他親眼見到一個食人鬼，活活吃了人！

「我去看看。」程元成先行下車，理理衣服，要去一探究竟。

厲心棠從急診室的通道進入，順著指引來到長廊，都還沒轉彎，就聽見淒厲的哭喊聲，那是哭喚親人的聲音；厲心棠遲疑的停下腳步，強大的悲傷彷彿一種氣波，在狹窄的走廊上層層遞進，一波波的朝她襲來。

那是種會令人心碎的悲傷啊……

章警官站在走廊中間，靜靜的靠著牆，而哭喊的家長們在更遠的地方；他遠遠的看見她招了招手。

「怎麼突然叫我來這裡？」厲心棠不解的問著，耳邊的哭泣聲依舊迴盪。

「妳周邊……最近有發生什麼事嗎？」章警官低語，「或是妳認識的人？你們店？」

厲心棠狐疑的挑了眉，這問題每個字都像個洞，歡迎跳下似的，所以她故作無辜的搖搖頭，才不上當。

「我們家被你們警方煩死了，每天有人守在我們門口，動不動就找我們說話、問東問西，沒搜查令還想進來。」厲心棠趁機抱怨，「我家開門做生意，各項證照都是合法的。」

「程警官不在我管轄內，他們是屬於政府的。」章警官略顯無奈。

「閼擎的通緝總是你負責的吧，食人鬼所有案子都已確認跟他無關，為什麼扯上他？」厲心棠嘟囔著，「你這是合著和那傢伙一起欺負閼擎嘛！」

「我可沒有！他是外來的和尚，權限比我高，我想撤也得慢慢來。」章警官顯得很為難，「老程對閼擎的成見非常非常重。」

「嗯，他可能有他的道理吧，但就事論事，闕擎無涉任何命案，就不能栽贓。」厲心棠其實才懶得理後面的事，「撤掉闕擎的通緝，你的問題才有別的答案。」

欸……章警官無奈的叫住了她，這小丫頭是越來越精了！記得第一次見面時，還是一臉呆萌，什麼都沒關係的啊！這才幾年時光？

他出示了手機，就在一小時前，確定取消了闕擎的通緝令，他沒有任何嫌疑，清清白白。

「我沒有準備，哪敢請妳來？」章警官亦是老謀深算。

厲心棠急忙的接過手機看清楚，再看著發信人，確定了這不是偽造的通知後，一秒換上親切可愛的笑容。

「他們哭得好傷心喔，發生什麼事了嗎？」

唉，章警官看著這變臉速度，有點懷念起過去的單純女孩了，「有個男孩疑似吃冰身亡，我帶妳去看看屍體。」

「天哪！這麼疼我，一見面就要帶我看屍體。」厲心棠有些卻步，「雖然我常見，但是太可怕的我會做惡夢！別是爛很久的……」

而且死狀再慘的亡靈會動會說話，但眞正的屍體……視覺跟味道都會令她不適。

「昨天下午才發生的，妳一定得看看，我們是眞的束手無策。」章警官沉重的說著，帶著她前往停屍處。

經過悲痛欲絕的家屬時，厲心棠得用盡全力撐住，才不會被那種心痛淹沒。她的感受力似乎增強了，那份悲傷仿佛是自己的一樣，心臟痛得快要難以呼吸了。

經過重重關卡來到病房，床上躺著蓋著白布的身軀，那是詭異的形狀，並不像認眞覆著一個人，感覺有各種凸起；在章警官的示意下，醫生揭開白布，厲心棠詫異得倒抽一口氣——孩子！

一個看上去大概只有八、九歲大的孩子，表情扭曲的躺在病床上，他的嘴、喉頭、甚至胸膛，都被似利刃的東西穿出！章警官示意她可以上前，厲心棠每走一步，心裡就暗叫不妙。

刺穿孩子的不是刀，不是玻璃，那是透明的冰。

而且仔細看著傷口，她蹙起眉懷疑這些不是刺入，反而是從小孩身體裡「穿」出來的。

「有另一邊的穿刺口嗎？」她大膽的問。

「沒有，這些是從孩子體內穿出來的。」醫生的回答證實了她的想法，「我們連急救都有困難，他整個胸腔、身體都是僵硬的，溫度非常的低，體內全結冰了。」

「照過X光，體內所有液體都成冰，血液成了無數的冰刺，刺穿了各個器官，但最嚴重的就是喉嚨、食道。」章警官低沉的問著，「我們正在說服孩子的父母解剖，但事實上可能連法醫都不知道這解剖開來會是什麼現象。」

厲心棠搓著雙手，她開始明白這間爲什麼凍成這樣的原因，「如果移到室溫下，這些冰可能就會融化了吧！」

「這我們會注意，或是把水盛裝起來……但問題是，怎麼會有人身體自動結冰？」章警官渴望般的看著厲心棠，從這女孩剛剛的反應，他知道她有答案。

「剛剛說……他是因爲吃冰致死的，爲什麼說是吃冰？」厲心棠沒錯過這個奇葩的死因。

「他父親原本不給他買冰吃，但後來不知道誰買了冰給孩子，他上車時看見孩子正在吃冰，接著就痛苦死亡。」更詳細的監視器還在調閱，當下大家都是急著救孩子。

厲心棠環顧四周，她跟闕擎不一樣，不是那種動不動就能見鬼的人，只是想試試看能不能巧合的看見，這孩子的亡魂在附近……只是這麼小，靈魂又被吃了大半，應該是看不見了。

唉，雪女啊……厲心棠揉著眼低下頭，轉身就往門口走，章警官讓人趕緊開門，也急忙跟了出去！示意下屬別跟上，他單獨跟厲心棠繞到角落。

「厲小姐，我專門處理無法解釋的案件，那就是無法解釋的……」章警官語重心長的問著，「又是像食人鬼那種傢伙在外面遊盪嗎？」

「不是食人鬼，我也不知道她爲什麼會朝孩子下手，得找出原因……」厲心棠實在很爲難，「能這麼做的，在我的認知內只有雪女。」

呃，雪女？章警官明顯愣住了。

「是我想的那個……雪女嗎？」他顯得十分困惑，「在雪山裡取人性命，但遇到一個男孩放他一馬，約定男孩終其一生不能說出遇見她的事，後來他們結爲夫妻，長大後的男孩對妻子說出小時候遇見雪女的事情，然後那個雪女咆哮著離開了他？」

厲心棠用力點了點頭，但趕緊補充，「跟我沒關係、跟店裡也沒關係，是有個不知道哪裡來的雪女在遊盪……你們應該知道啊，都死三個人了！」

「什麼？」這下換章警官懵了，「什麼叫死三個人了？」

咦咦咦！厲心棠詫異的瞪圓雙眼，她簡直不敢相信，「最近沒有三個凍死的人嗎？」

「有……有啊，天氣驟變，低溫不斷，每天都會有凍死的人！」但他確信，厲心棠說的跟他想的不一樣，光這一週就有十數人凍死了。

「我是說凍成冰人、冰雕，全身都封在冰塊裡的！」厲心棠唉呀的嘖了一聲，「章警官，你快去忙吧，我看你至少有三具未發現的凍死屍體得找了。」

她詳述了三具屍體的模樣，章警官簡直都要暈倒了，他都還沒從食人鬼的案子中緩過氣來，現在又來一個雪女？雪女！

「妳認識那個雪女嗎？能叫她住手嗎？為什麼要這樣凍死人？」章警官都快哀號了，「我能用什麼方式處理她？」

「我不認識，但雪女的地雷是說話不算話，違背承諾——不過這是我們家的雪女啦！外面那個我不熟！」厲心棠雙手拉起章警官的手，誠懇的說著，「你要相信我，我很想幫你，但我現在很忙，暫時自顧不暇！」

咦？咦咦？章警官連反應都來不及，只見厲心棠收回手，轉身就跑了！

「厲——」

丫頭有彎就拐，直接閃離，徒留章警官一個人在走廊上，要哀也哀不出來，想咆哮也不知道找誰出氣，雪女究竟是個什麼玩意兒啊！

這邊心緒未平，遠遠走來的人又讓他胃痛，程元成擰著眉心，滿臉帶著責備模樣的朝他走來，在他開口前，章警官就很想叫他閉嘴。

「你叫那女孩來的？」

「別煩我了，老程！又有命案，你的人閒的話，能不能幫我，而不是老是找無辜者麻煩。」章警官有氣無力的回身，召喚手下。

「無辜者？你指的是誰？你？還是厲心棠？總不會是闕擎吧？」程元成說話一點都沒在客氣，「我知道你把他的通緝令撤銷了。」

章警官深吸了一口氣，回過身子穩重的說著，「他沒有犯罪，沒有任何嫌疑，早在物證一確定時就該撤銷了，你一直擋著，有失中立性。」

「因爲那傢伙絕對不是無辜的！」

「我們講的是證據啊，老程。」章警官搖了搖頭，「你也見識過世界上有許多無法解釋的東西了，你下屬的死我也很遺憾，你不能沒有證據就推給闕擎。」

「是他，絕對是他，我下屬是絕對不可能自殺的！」程元成咬牙切齒的說著，「你儘管袒護他，我比誰都清楚，一個人身邊有幾百條命案，就絕對不可能是無辜！」

章警官默默望著他，也只能淺淺一笑，他很想叫程元成放過自己吧，但看那偏執的惡意，要他放下，很難。

「如果凡事不講證據，那退一萬步來說，」章警官聳了聳肩，「這世界上，又有誰是無辜的呢？」

厲心棠前腳剛走，闕擎後腳就離開了「百鬼夜行」，只是非常難受的他必須扮裝離開，雖然確定程元成帶領的兩台車已走，但爲了以防萬一，他還是得喬裝打扮，「婀娜」的離開。

到底爲什麼非得扮成女的？坐在計程車上的闕擎渾身不自在，長裙、大衣還有假髮，這恥度得有多高啊！一屋子妖魔鬼怪笑得亂七八糟，他是羞到無地自容！更別說連現在的司機都從後照鏡多瞄了他幾眼，不要看了啦！

「您好！請問您是？我們療養院是不能參觀的！」計程車停在病棟前，護理師急急忙忙的走下那七階樓梯，準備攔阻。

闕擎直接抵達他所有的「平靜精神療養院」，這也是他自養父繼承下的遺產，他當年隻身來這個國度，爾後被一位地產大亨王宏達收養，但後來王家全家族在一次過年團圓中集體自殺後，所有遺產便由闕擎繼承了。

這也是他會成爲程元成眼中釘的原因之一，療養院也成爲警方的重點調查地方，但不管找多少碴，他的療養院都通過了各種安檢與消防設施。但後來程元成還是沒有要放過他的意思，甚至動用更高機構的權利，打算關閉療養院，或是打散病人，藉此威脅他。

但這間療養院裡的精神病人，是斷不能離開這裡的。

資深護理長看著從計程車下來的……高大女人，表情難掩奇怪，對方彷彿沒聽見她說話似的，逕自下車，還讓計程車直接駛離。其餘護理師跟保全走出，因爲療養院是沒有對外開放的，任何人都必須在距離主建物五十公尺遠的坡上大門按門鈴，由療養院內部開門才有辦法通過的。

但這台計程車一逼近，那對開的雕花大門竟自動開啓，車子還能輕鬆的直接進入？這……

「這位太太，我們……」

「是我。」闕擎萬般無奈的摘下大捲髮的假髮，匆匆的上樓。

樓梯上的護理師跟保全個個錯愕，他們交換著眼神，反應過來後得認眞的懲住笑！

「先生，你一直聯繫不上……」護理師看著那擺動的裙子，實在忍不住，「不過您朋友一直有來幫忙，院裡一切平安無事。」

「那就好。」闕擎嘆口氣，沒有「百鬼夜行」的人，眞不知道會出什麼亂子。

即使步伐再快，也依舊逃不過一樓院裡所有人的眼睛，有些患者看見他開心的吹起口哨，他遮著臉直往電梯那邊去。

「五樓沒事吧……」他眞想挖個地洞，「我被通緝，我得喬裝才能出來。」

「呵……呵呵抱歉！喔，五樓一切安好，只是有些騷動，不過都沒事。」護理師點了點頭，「您的朋友，給人很安心的感覺。」

是啊，都是一掛的，沒一個是人類。

「有不乾淨的東西再來吵嗎？不然他們爲什麼會騷動？」電梯門開，他們一起進入電梯。

「嗯，沒有進入院內，它們只是在外面徘徊，院內幾個敏感的患者最近也開始焦躁不安。」提到這點，護理師神情嚴肅了點，「這附近不乾淨的東西增多了。」

「為什麼？有車禍？還是事故在附近發生嗎？」闞擎擰起眉，他的各種驅鬼符咒可得加強。

「我覺得，跟後面那所學校有關係。」護理師慢條斯里的說，「我已經去探訪過了，他們好像要辦什麼十週年的紀念日。」

咚！

電梯停下，闞擎的心底跟著喀鐙一聲。

「我明白了，這陣子辛苦你們了！下午請大家吃下午茶，隨便你們挑。」他逕自走出去，護理師愉快的道謝，任電梯門關上。

走出七樓電梯便是房間，這才是闞擎的家，他擁有這家療養院，自然家也在這裡，通往家裡的電梯是只有他才能進入的管制電梯，在被特殊警察纏上前，他都是住在這兒的。

整棟建築外都設有驅鬼的符咒或是結界，都是他花好幾年跟大筆金額買來的，為的就是不要驚擾住在療養院裡的患者……這裡的患者在世人眼裡是精神病，但多數是因為他們真的看得到別人看不到的東西，腦波與其他世界的人相連。

更有甚者，許多人體內是有惡魔寄生的。

這些難以解釋，總之因緣際會下，他將這些患者集合起來在這兒「治療」，事實上是給他們一個單純的環境，關住那些魔物。

飛快的換回正常的衣服，他自窗邊往下望，剛剛回來前就留意到附近徘徊非常多的亡者，而且療養院周遭也瀰漫邪氣。

「十週年啊……誰沒事辦十週年紀念？」他雙手抱胸的在黑暗房間裡走來走去，「安寧的日子都過膩了嗎？」

嘖！心煩意亂的他將窗戶全數關上，窗子內側還有電動鐵門將窗戶封住，他打開房內一盞小燈，點燃角落的薰香，開始盤坐於地面，進行沉思冥想。

他是個從小就看得見鬼的人，那當然不是自願的，而且如果與鬼對上眼神，它們一旦發現他看得見，就會纏著他，有的要他幫忙完成遺願，有的想吸收他的陽氣，有的就是沒來由的想折磨他，更多的是殘虐型的厲鬼，想驅使他做事。

偏偏他也是個容易吸引鬼的類型，終其一生都在閃躲，閃避與鬼對上眼神，更不想接觸太多的人，他希望遺世獨立，自己一個人安安靜靜過活就好。

不過人生，總是不想來什麼就來什麼，他再怎麼閃都沒用。

就像好不容易有了這療養院，安靜的待在這裡過日子，卻還是跟「百鬼夜行」扯上關係、認識厲心棠，然後——他不是抱怨，他沒有怨言的喔！因為若不是那一屋子妖魔鬼怪，這間療養院早沒了，連他都不知道死幾回了。

雖然但是，他屢次的九死一生好像也是被厲心棠牽連的……唉，算了！帳如果算不清，就別算了。

闕擎緩緩睜眼，做了好幾個深呼吸的調息，現在該算的帳，是未來的。

他一骨碌起身，到角落的櫃子裡翻找，終於拿出一本帶著灰的厚殼書，小心的取出後拍拍灰塵，深褐色的底上有個燙金的幾個行書：

古明中學畢業紀念冊

「今天警方再發現一對離奇凍死的屍體，於商業大樓車裡發現的一對情侶，全身被冰塊包裹……」

街道上的電視牆裡，正在播放著新聞，女人站在櫥窗前看著電視畫面，神情木然。

「你這樣不好吧？我記得你之前就說過要帶她出國過生日的？」

「哪有什麼不好的！女人一天到晚就要過這個節那個節的，生日有一定要當天過嗎？隔幾天又沒差！」

眼前經過一群男人，帶著醉意曚朧的高談闊論，女人幽幽的看向他們的背影，旋過腳跟決心跟上前去。

「其實我的事也不是什麼重要的事，你應該要好好陪她過生日！」另一個朋友勸說著，「年前在說時，她可期待出國了，一直在規劃不是嗎？」

「結婚哪不重要！我兄弟結婚的大日子，幹嘛非得要這天出去？下週也可以啊！沒有什麼事是不能喬的！」男人不悅的嚷嚷，「而且我根本也不想出國，又花錢又浪費時間，我工作都做不完！」

「別這樣！」兄弟們你一言我一語的勸著，聽上去大家都是在幫男子的女友說話。

但男子愣是沒聽，還刻意打電話給了女友，女人在後面靜靜聽著，風颳得更強了些，好把聲音傳到她耳邊。

「不能退？什麼叫不能退？不然妳自己去好了！阿強結婚我是一定要到的！」電話的最後，是在忿怒與哭泣中告終。

兄弟們還在勸說，有的機票跟旅館是真的不能退，好好出國玩，回來再跟兄弟們聚聚才是重點啊！可男子不依不饒，對於不能退這件事不僅心存懷疑，甚至還發怒，訂這種不能退的，就是變向逼著他去！

不知道是面子問題還是怎麼了，兄弟們互使眼色，是不是暫時別說了，越勸越糟糕啊！

一夥人再到一個小攤子吃宵夜，席間也是無話不說，氣氛愉快，直到曲終人散，有個熟稔的兄弟好言再勸慰男子一次。

「知道你重朋友，但未來你要跟她成家，是要一起過的，我記得在剛畢業時就答應要帶她出國的，一年拖過一年，好不容易可以出去了，你別爲這種事跟她鬧不愉快！趁這時求婚不是也挺好的嗎？」

「又說這件事！我其實就不想出去，是她硬盧……放著等我們結婚後再去蜜月不好嗎？」男子依舊滿腹不滿，「我說眞的，這趟我完全覺得我是被趕鴨子上架！」

「這跟蜜月是兩碼子事啊！你答應她這麼久了，不能把這種事跟蜜月併在一起！這是生日禮物！」兄弟拍拍他，「回去好好道歉，沒事的！」

「我就不。」男子突然硬氣起來，「她必須知道孰輕孰重，兄弟結婚這種事沒得商量！」

唉……眾人嘆了口氣，夜已深，大家各自道別，只能下次等男人清醒點再說了。

如果，還有下次的話。

男人的代駕抵達，他搖搖晃晃的上了車，在黑暗的角落裡，那一身雪白大衣的女人走了出來。

「答應過的事，就該做到啊……」

她喃喃說著，同時邁開步伐，本該清朗的夜突然颳起了風，接著再度降下了滿天白雪。

深夜一個女人匆匆忙忙的坐電梯來到地下停車場，她全身裹得厚實，手裡還抱著一件大衣，夜晚溫度驟降又下起大雪，而他的男友卻至今還未回家，打電話問他的朋友們，他們卻說早在兩小時前就已經散會了。

記得他穿得不夠，誰知道晚上會突然又降大雪，知道他喝多了，所以急著想去找他。

女人一出電梯就匆匆按著中控鎖，她的車子遠遠的閃爍兩下，她三步併作兩步的奔到車邊，腦子裡已經盤算著該去哪條路繞繞，說不定那傢伙就睡在路邊。

發動引擎，大燈亮起的瞬間，女人突然看清正前方詭異的東西！

「咦？」她皺起眉往前看著，不可思議的倒抽一口氣。

下了車，緩步走向車道的對面，她意識到對面停著的正是男友的車，但車前蓋上……躺著一個全身扭曲、被數不盡的冰錐刺穿身體的男人！

她的男友！

「哇啊——呀——」

第五章 古明中學

「我才不會幹這種事。」

身邊傳來低喃的聲音，劉子鈞正被窗外風景吸引著，失神的沒聽清楚，回首嗯了聲，「什麼？」

「什麼？什麼什麼？」雪姬放下手機，裝傻的回應著。

劉子鈞以爲小雪剛剛有在說話，搖搖頭後繼續往窗外看著，「司機大哥，等等前面的紅綠燈左轉。」

「好喔！」

雪姬再度拿起手機，皺著眉不悅的看著新聞報導的離奇命案，被冰刺刺穿的身體、與引擎蓋釘在一起？怪了，她不知道首都除了她這個雪女之外，居然還有別的同類？

要離開雪山不是那麼容易啊，當年她也是陰錯陽差被帶下山的，這個雪女也是嗎？但到了平地這樣殺人就有點莫名其妙了，雪女是不需要靠殺人維生的。

雖然她也算鬼的一種，但鬼也是有分等級的。

「到了！謝謝！」車子停下，劉子鈞有點雀躍的下了車。

眼前是所學校，雪姬有點狐疑的環顧四周，怎麼這地理環境有幾分熟悉啊？

「小雪！妳知道這裡嗎？」劉子鈞開心的朝校門口走去，「這裡就是我的母校！我九年級前，是在這裡唸書的！」

果然，你就該是這個國度的人，她知道的。

雪姬看向壯觀的大門，以及上頭那清晰的「古明中學」四個大字。

劉子鈞抬頭看著熟悉的校門，十年了，看似一切都沒有變，他做了幾個深呼吸，像是在做足心理準備似的，但扣著背包肩帶的雙手還是微微發顫。

「怎麼了？」雪姬上前，覆住他的手，「你在發抖？」

「沒……沒事，只是有點緊張，近鄉情怯吧！」劉子鈞看著被握住的手，小雪手好冰啊，但卻令人平靜。

再調適一次後，劉子鈞走到警衛室去登記，表明自己是校友，想進去看看。警衛請他壓了證件後，便準備放行。

要進去前，路邊腳踏車的煞車音傳來，雪姬當即回過了頭。

「雪——」厲心棠才要高喊，突然看見了她身後的男人。

「棠棠！」雪姬先一步上前奔了出來，喜出望外的看著久未謀面的女孩，「我剛還在狐疑，但果真是妳！」

「好久不見！」厲心棠用力抱住雪姬，嗚嗚，還是一樣的冰，太懷念了！「妳下山了？」

「嗯，陪朋、友一起來玩。」朋友兩個字，雪姬說得格外重，「我現在叫小雪。」

厲心棠歪了頭，越過雪姬看向校門口尷尬頷首的劉子鈞，有幾分詫異，「活的？」

雪姬輕撞了她一下，眼睛警告著少多話，「他又還沒背棄我。」

「還沒」，這個詞用得眞是巧妙。

雪姬的背棄，其實總是來得很輕易，在厲心棠認識她之後短暫的成長經歷中，至少就認識三個因爲「背棄」，而被她埋在雪山裡的男人。

「嗨！您好！我是小雪的朋友，叫我棠棠吧。」厲心棠熱絡的打招呼，牽著腳踏車也往校門口去。

雪姬見狀趁機拉住她的腳踏車，她跟來做什麼？現在是她跟劉子鈞的兩人時光啊！她使著眼色，不需要棠棠陪著。

「呃，我剛好就要到這裡來……」她尷尬的看著雪姬，這是巧合！她可不是要當電燈泡的！

「咦？妳也是校友嗎？」劉子鈞倒是喜出望外，「妳哪屆的？」

「不是不是，我是……」哎喲，她搓了左手臂，左邊溫度驟降了，很冷耶！

「我是來找人的！」

登記完後她先去停腳踏車，雪姬讓劉子鈞等她一下，又先跑去找厲心棠。

「眞的假的？剛好到這裡來？」

「眞的！我看到妳才嚇一跳！」厲心棠趕忙澄清，「我們可以不必一起走的，我有自己的事。」

雪姬非常狐疑，但欣然接受，「好，我要好好把握跟他在一起的時光。」

「他……長得跟那個人像嗎？」厲心棠很小心的問。

「他就是他啊。」雪姬遙望著站在遠處的劉子鈞，嘴角泛起笑容，「他一踏進雪山我就知道了，是他。」

不是的。厲心棠沒敢說出口，因爲這是雪姬自己的障，如同妖鬼不要干預人界的事一樣，身爲人類的她，也不會去干涉雪姬。

叔叔他們也一樣，雅姐從小就跟她說，雪姬這輩子的障就是在「承諾」，無論是當年她的丈夫、曾經歷的愛人們，全都是卡在「承諾」。

但雪姬都幾百歲了，再怎樣那個男孩也不可能是他的愛人啊，唉！或許年齡相仿、或是長得像、或是剛好在某年某月某日進入她的雪山，總之，每隔一陣子就會有個倒楣蛋。

她搓搓手，嘴裡吐出白煙，這天氣已經夠冷了，雪姬又回首都，看來要等升溫放晴是難上加難！不過她現在沒時間管雪姬的事，她來這裡想知道當年古明中學的「四四命案」。

十年前，古明中學有一票學生在禮堂集體自殺，轟動整個社會，但調查結果是四十四名學生「疑似」相互殘殺而亡，每一具屍體都慘不忍睹，而且他們位在禮堂大舞台後方的後台裡，反鎖外加堆疊桌椅，眞的沒有人進出，沒有他殺可能。

縱使家長不相信，但也沒有別的證據，怪的是後來新聞竟不了了之；至今社會上各種說法眾說紛紜，有邪教、有中邪、也有人說這群學生吸毒，事隔十年，依然沒有人能找到一個合理的解釋。

經過穿堂，穿堂上懸掛著橫幅布條，赫然寫著「四四慘案・十周年紀念」。

劉子鈞停下腳步，雪姬不明所以，可偏偏她身後的厲心棠也停了下來。

厲心棠不可思議的看著那布條，古明中學在紀念十年前的「四四慘案」？這、這個是值得紀念的嗎？

「這是要紀念什麼？這不是在傷口上撒鹽嗎？」她忍不住脫口而出。

「當然不是！」前頭的劉子鈞立即回頭，帶了一絲不悅，「這是在提醒我們，不要忘記他們。」

咦？厲心棠一怔，劉子鈞在生氣！她剛說的話冒犯到他了嗎？氣忿中更多的是悲傷，她暗叫不妙，這位劉子鈞該不會跟十年前的事有關吧？

「是的，這位先生說得對，這是在提醒我們，別忘了那些孩子，更提醒大家有事要說出來，不要悶在心裡，可以尋求師長求助。」

蓄著山羊鬍的中年男子，不知何時站在穿堂一角，他身後還跟了數名老師，劉子鈞再度回首看向男人時，張大了嘴巴。

「……老師！你是陳老師吧！」他喜出望外的往前，「我是八班的劉子鈞，你記得嗎？」

「他現在是訓導陳主任囉！」一旁的長髮老師補充說明。

「欸，我記得你！」陳主任激動的打量劉子鈞，「你是那個體育很好的小子，沒上九年級就出國了！」

「陳主任果然還記得我！」劉子鈞自來熟的立刻給陳主任一個大擁抱。

另外兩個女孩就晾在一邊，略微尷尬，其他老師好奇的往她們這兒看來，有人親切的也問她們是校友嗎？

「您好，我是想來請教這個自殘事件的。」厲心棠突然挺直背脊，「我想做個專題報導。」

專什麼題？雪姬瞪圓了眼睛，看著厲心棠從容上前，還能從身上拿出張名片遞前。

「我是眞相報導的厲心棠，我現在想就青少年的議題，特別再重溫這次的事件，恰好搭配貴校的四四慘案十周年紀念。」

劉子鈞朝著雪姬低語，「妳朋友是記者啊？」

雪姬一陣乾笑，她也現在才知道耶。

「啊，這個……涂老師。」陳主任回頭喚向了那位長髮老師，「就妳跟張老師負責吧！她們兩位剛好是負責這次活動的老師。」

厲心棠專業且有禮貌的向她們握手，涂老師看上去相當有氣質，年約三十出頭，空靈娟秀，她眉頭略蹙顯得緊張；另一位張老師絕對是資深老師了，看上去約半百年歲，嚴肅且帶著敵意。不過既然是陳主任交代，她們還是帶著厲心棠往校內走去，介紹「四四慘案紀念日」的活動內容。

而陳主任已跟劉子鈞聊開，他們閒聊起這幾年的生活，雪姬就跟在一邊，內心正對剛剛厲心棠的展現驚訝不已。

這一個月是發生了什麼事？爲什麼棠棠好像瞬間長大了？

「我沒想到你會回國。」陳主任看著劉子鈞，突然間萬分感慨，「時間過得眞快啊，十年了……」

劉子鈞點了點頭，有悲傷在他們之間橫流，「是啊，十年了！」

雪姬感受到氣氛相當低迷，她上前主動握住了劉子鈞的手，他有點心驚，可是卻沒有掙開她，反而緊緊的握住。

「十年前，學校發生了一起集體自殘事件。」劉子鈞露出苦笑，「我妹妹就是其中一個。」

妹妹！雪姬握著他的手一緊，顯得相當緊張，劉子鈞感受到她的激動，反而有些感動。

「沒事的，我現在已經沒事了。」他輕聲補充。

他有妹妹。雪姬有種被現實擊敗的感覺，他怎麼會有妹妹？她的男人應該就只有她一個人而已。

看著那幾分相似的背影，她突然有種回到現實的感覺，她應該在山裡就動手的，把他留在山裡，而不是讓他下山，陪著他一起進入他的現實世界！

可是，他還沒有背棄她，她不能下手啊！

不到一個月前，厲心棠目擊了血腥殘忍的命案，有人被吃得殘缺不全，碎屍處處，同時間也有另一位目擊者，是一位記者，她認識的新朋友。

她模仿著記者小姐說話的語氣與動作，盡可能讓自己看起來專業些，禮貌的跟著兩位老師在長長的「回憶走廊」上，看著兩旁學生設計的紀念日相關海報，主題都圍繞在「壓力」、「宗教」與「霸凌」。

這些都是欲蓋彌彰的東西，程元成給她看過警方的報告，她看過當年案件的大概內容，案發原因就是個謎，而且沒有什麼「疑似」，那些學生就是自相殘殺，只是最後沒死掉的學生採取自殘而亡。

密閉的空間裡一口氣死了這麼多人，血液亂噴，每個人身上都會有彼此的DNA，這都是鐵證，只是家長完全不能接受，而且似乎為了社會觀感，把重點放在了「自殘」。

這些新聞後來都被壓下來，甚至整個自殘案都被淡淡帶過，在熱度最高時迸出另一位知名政治人物的收賄案，瞬間轉移了焦點。

「四十四個學生自殘，這超過一個班的人數了，這不會只是單純的壓力或是相約自殺。」厲心棠溫和且嚴厲的說著，「我是做過功課前來的，當年的案件，我也略知一二。」

「咦？」涂老師停下腳步看向厲心棠，接著又不安的瞄向了張老師，「是、是這樣嗎？」

張老師垂著眼眸望向地面，表情相當嚴肅，「記者小姐，妳想問什麼嗎？」

「我想問眞正發生了什麼事。」厲心棠語氣誠懇，「眞相。」

張老師驀地冷冷一笑，「眞相？我們誰不想知道眞相？但十年了，我到現在都不知道爲什麼！」

充滿壓抑的叫喊聲伴隨著心跳加速，張老師用力的咬緊牙根，厲心棠突然意識到，這個張老師可能與這案子也有牽扯。

「我三年前才來到這個學校，對於當年的事其實不那麼熟悉，也只從新聞上看過。」涂老師戰戰兢兢的望向張老師，「不過張老師她……」

涂老師眼神閃爍，瞄著張老師，一會兒又瞄向厲心棠，暗示著這位張老師應該都知道。

「身爲老師，我想死者中應該也有您的學生吧？」厲心棠只能這樣猜，否則難以解釋她的心痛與忿怒，「所以您也想要一個眞相。」

「沒有用的，警方刻意放縱，不去深究，事件一旦失去價值，記者連請都請不來，我們的請願花了十年，也沒有幾個人注重。」張老師深呼吸一口氣，「所以我們才決定要辦十周年紀念日。」

喔喔喔，原來如此！她想說一起命案為什麼要辦紀念日咧？又不是什麼值得表彰的事跡！校方用青少年的壓力與霸凌事件當藉口，其實是想喚起社會大眾的記憶——但是不管那起案子多殘忍多血腥多不可思議，加害者與受害者，全部都死在那個封閉的舞台裡了啊！

張老師突然邁開步伐，加快往前走去，涂老師示意趕緊跟上，她們快步的上前，途中遇到幾個學生禮貌的打著招呼。

「欸，等等！」涂老師突然看見一個學生，叫住了他，轉頭讓厲心棠先走，「阿土！你的作業什麼時候要交？」

厲心棠正首時，發現張老師也分心停下腳步，回頭看著在跟學生說話的涂老師。

「明天！」男孩子敷衍的說著。

「明？你都幾個明天了？開學到現在一份作業都沒交，考試也考不好，你這樣怎麼辦？」

「又沒差！我下星期交！下星期交！」

「你少來，我也跟你父親聯繫過很多次了，他是多忙？每次說再約也都沒說個日期……」

涂老師焦頭爛額的問著學生，老實說一點威嚴都沒有，反而那個比她高大的男學生一副跩樣，比她還更具威嚇感。

「老師當成這樣，她管不動學生的。」張老師淡淡嘆了口氣，口吻裡帶著輕蔑，轉身繼續前行。

厲心棠跟在身後走完這條走廊，兩旁的學生作品張老師完全不做介紹，而是直接走到了圖書館，領她進了一間閱覽室後便說出去找資料，約莫十分鐘後，張老師抱著一疊資料走入，涂老師也終於到了。

「十年前這些學生，均來自不同班級，彼此間也不一定認識，但卻同時去舞台後的後台集合，還把自己反鎖在裡面。」張老師打開一本資料夾，攤開放在桌上，上面是一間小房間的模樣。

「案發現場嗎？看起來有點小啊……」厲心棠看著寬度深度，塞四十四個人真擠。

「這就是不合理的地方，就算要商討，可以在禮堂的舞台上，甚至禮堂中，偏偏卻擠進那個空間，甚至還主動反鎖，堆疊桌椅以卡住門。」張老師走到角落去，開始翻動另一本看起來像畢業紀念冊的東西，「他們手上的武器，充其量就美工刀，其他都是就地取材，有人拆了桌子、有人拿椅子，也有人徒手掐住對方、甚至有非常多具屍體是身上都有撕咬傷口。」

哇！厲心棠不由得打了個寒顫，這種互相殘殺有點嚇人啊！

一旁的涂老師嚴肅的揪緊眉心，搖了搖頭。

「所有人都關在裡面，殺人的、被殺的都死了……沒有遺書也沒有前兆……」

張老師將死亡學生的紀錄照片也攤開擱在桌上，「什麼壓力、約好集體自殺都是屁話，我的小凱那天還傳訊跟我說，下午放學他想去吃冰，我也答應他了……」

張老師說得哽咽，厲心棠立即明白這是怎麼一回事！她悄悄的瞄向涂老師，涂老師亦暗暗點頭：是的，死者之一正是張老師的兒子。

「其實……很多學生都沒有沮喪或是憂鬱的傾向，相反的，他們其實都是活潑型的學生，因此沒有家長能接受自殺的說法，更別說互砍了。」涂老師對這點還是瞭解的，「而且就我所知，有些孩子身上就算遍體鱗傷，但致命傷還眞的是自己動手的。」

張老師正望著自己孩子的照片流淚，少年定格在十五歲的美好年紀，但就這樣死得不明不白。

「我們約好要做很多事，那年暑假也要帶他去環球影城，他想要推甄的學校也都定好了，到底爲什麼……」張老師淚如雨下，「我們只想知道一個眞相！當年警方掩蓋了什麼！」

警方掩蓋了什麼？厲心棠內心一驚，趕緊回憶起她所看過的卷宗檔案，事實上最多就是把「自相殘殺」簡稱成「自殺」，剩下的其實好像眞的沒有任何結論。

沒有他殺的跡證，其實就已經可以結案了啊！

「據我所查到的，警方或許也不知道！誠如你們說的，沒有遺書、沒有徵兆，學生們也不是都相互認識，究竟是爲什麼？」厲心棠趕緊說著，「事發在中午午休時間，也就短短半小時，當年學生沒回班上都沒人注意嗎？」

「因爲中午有開放能去圖書館自習，所以很多班級認爲孩子是去唸書了，畢竟午休時間眞的在校內游盪也容易被抓到。」涂老師嘆了口氣，「就這麼半小時，直到下午的課開始前發現學生沒回來，大家才開始尋找。」

「那他們要去禮堂前，沒有任何反常嗎？完全沒人看見他們前往禮堂？」厲心棠是問著張老師的。

張老師搖了搖頭，當時她是七年級的老師，她孩子已經九年級了，並不會掌握他的行蹤，更何況這是在學校，孩子再怎麼晃盪也是在校內，誰知道會……

「一定有什麼人或什麼事，把他們串連起來，或是叫他們去禮堂集合。」厲心棠還沒聽到自己想聽的，因爲程元成給她的當然不是完整檔案，這兩個老師也不知道嗎？

啊！涂老師聞言，像是想起了什麼，那瞬間又懼於張老師似的抿了抿唇。厲心棠看出她的忌諱，所幸開門見山。

「有倖存者吧？並不是全部死亡。」厲心棠說著，張老師驚愕的看向她。

「我說過，我是做過功課的！」

「不可能，這件事我們沒有……不是，我們也是事後才知道的。」張老師委婉的說著，但帶著心虛。

「倖存者也無法說出答案嗎？」

「沒辦法的！」涂老師刻意搶著接口，「他根本什麼都不知道吧！」

張老師警告般的睨了涂老師一眼，她接收到緊張的閉嘴，這只是讓厲心棠覺得更加可疑。

「我都知道有目擊者了，瞞我做什麼？我只是想著既然有倖存者，多少能揭開這起慘案的眞實……」

「他不是倖存者，那只是個……在後台另一端的學生。」張老師嚥了口口水，說話很遲緩，像是在盤算著該怎麼說，「他只能聽得見，是看不見的。」

聽見裡頭殘忍的殺戮與慘叫聲，但是沒有目擊到？

「聽見了什麼？」

涂老師搖了搖頭，「張老師，這說出來也沒什麼的吧！那個孩子說除了可怕的慘叫聲跟碰撞聲外，什麼都沒有，一直到結束前，他最多聽見的只有：『不要過來』，跟『走開』！」

這沒有任何特色，符合自相殘殺的情況。

「這麼大的事，為什麼你們會事後才知道？而且那個學生應該立刻要去報警吧？或是報告老師，或許不必等到午休後才發現……」

「這不重要。」張老師打斷了厲心棠的問題。

於是她看向了涂老師，對面的涂老師蹙著眉，瞥了張老師一眼，相當為難，

「記者小姐，我這麼說吧，我們主題會做反霸凌是有原因的。」

「涂老師！」

「那個孩子是被霸凌者關在掃具間，他也出不去，只能默默的在那裡聽慘叫跟殺戮現場，甚至警方到達後也沒人發現他；因為彼時舞台整個後方是分開的，中間隔堵牆，一邊是後台、另一邊是桌椅區及掃具間，兩者並無互通。因此發生

命案的後台那邊大混亂之際，欺負他的同學就偷偷把他放出去，這也導致事發後一陣子，警方才知道命案發生之際，其實有人從頭到尾都聽著。」

厲心棠有點失望，她原本以爲的倖存者，應該是闕擎啊！程元成每次說得那麼信誓旦旦，每件事都跟闕擎有關，結果？

「那個學生叫什麼？」

「重要嗎？都十年了，他沒看見就是沒看見。」張老師再度打斷，「而且他那學期還沒結束就轉學了，妳現在報出他，不是在給他找麻煩？」

「希望那孩子過得好吧，被欺負又鎖在掃具間，還聽見命案過程……唉！」涂老師搖了搖頭，「我想做反霸凌就是如此，事實上當年的事件，我聽說自殘學生們幾乎都是霸凌者不是嗎？」

「涂老師！注意妳說的話喔，什麼叫霸凌者？」張老師即刻爆怒，「我孩子是個健康且活潑開朗的人，從來沒有什麼欺負同學的事！」

厲心棠轉了轉眼珠子，「每個家長的眼中，自己孩子永遠都是最乖的。」

張老師再往右看向厲心棠，不可思議的瞪圓眼，「記者小姐，妳這話什麼意思？」

「話裡的意思啊，我說了，我做過功課的！警方當年也問了學校的學生，大家雖然沒有明說死者的事跡，但明確的表達自殘的學生們絕、對、不、可、能受到欺侮。」厲心棠原句覆誦，「他們不欺負別人就很好了。」

「胡說八道！我們學校那時哪有什麼欺負事件，孩子們打打鬧鬧，就上綱到霸凌？」張老師激動的很，看起來她的寶貝兒子可能也是霸王之一吧。

「這麼說來，我也有聽陳主任說過，當天還有另一個被關起來的孩子！」涂老師敲了一下掌心，「這算是一個很大的共同點了。」

張老師有別於之前的激動，她反而是歛了下巴，眉頭緊蹙，流露出一股強烈的不安。

「還有人被關起來啊？是那群受害者關的？」厲心棠認眞支持這個紀念日的反霸凌概念了。

「嗯！曾經是案件的共同點，那些學生們稍早才把他關起來，稍後沒多久就出事了！不過因爲血案的緣故，直到放學後才找到那個孩子……他被關在頂樓，其實他只要往下喊就好，可他沒求救，那天還突然下雪，差點被凍死！」涂老師回憶起來還有點心疼，「我聽另一個老師提到的，警方搜查到頂樓時，看見躺在地上的孩子一動不動時，他滿腦子想的都是死亡人數再加一！」

張老師抽了一口氣，「他是故意不求救的，只要喊一聲就能叫人的，卻刻意讓自己在頂樓受凍。」

「張老師，那天氣候異變，溫度驟降，誰會冒著被凍死的危險不求救啊？」涂老師聽見這說法可不樂意了，「我聽說九死一生呢！那學生根本沒穿外套，就在雪裡待了五個小時耶！」

十周年……厲心棠看著日期，這週六的確剛好十年，換句話說，十年前的春天也跟現在一樣冷嗎？

「那時也下雪嗎？」

「好像吧！」涂老師乾笑，畢竟她不是參與者。

「沒有今天這麼冷，是突然降雪的，所以爲什麼不求救？我知道那孩子，看著令人不舒服，是個心機很重的孩子。」張老師話裡話外，都還帶著厭惡。

涂老師悄悄瞥了張老師一眼，「我記得把他關起來的人，就是那四十四個學中的一群，所以才沒人去解救他。」

「反鎖他之後，那群孩子就直接去禮堂了嗎？」厲心棠心頭倏地一緊。

「是那個孩子有問題！他態度很差，也不合群，常跟同學起衝突……的確跟他有過爭執的孩子，都在那次的自殘事件裡了，但是、但——」張老師略顯激動，「他那時人在頂樓，也出不去，因此有不在場證明！」

「院方都說失溫差點死亡了，但許多家長一直認爲跟那個學生有關，說得好像他先跑出去殺人，再回到頂樓把自己反鎖似的。」涂老師始終覺得這理論荒唐可笑，「時至今日，好像還有人這麼認定。」

「那是因爲你們不認識那孩子！他眞的……好歹要讓他測謊啊！結果就仗著家裡背景好，連警方都放他一馬！」張老師說起來還有點不滿，「結果幾年後他們家還不是——」

她冗自噤聲，擺擺手覺得自己不該提別人家的事，但厲心棠已經聽出來了。

「頂樓那個學生，」厲心棠喉頭緊窒，「叫闞擎嗎？」

張老師驚恐的回頭看向她，沒有任何答案，但卻已經告訴了她答案。

是的，就是闞擎。

第六章 四四慘案

古明中學就在療養院後方，隔了座小山，闕擎站在頂樓就能遠眺到學校，兩邊近來冒出的邪氣是相連的，那學校究竟在做什麼？

他知道有什麼東西在蠢蠢欲動，愚蠢的永遠是人類。

看著漫天降雪，氣候眞的糟透了，都春天了還每天都零下十度，還要不要讓人過日子了！

往下方看去，療養院的青草綠地早變雪白世界，工友正在掃雪，朝右邊望去，大門處有一台熟悉的車子在那兒按鈴，唉，緊追不捨的朋友。

「闕先生。」對講機傳來聲音。

「別讓他進來，我下去。」闕擎轉身下樓，好好應付這些年來，最記掛他的人。

程元成不滿的站在巨大的雕花鐵門前，手裡拿著警徽要求開門，事實上沒有搜查票就是不能進入，炫那個特殊警察的徽章實在沒什麼用處。療養院的入口位在高處，進門後必須下坡約莫二十公尺距離後，才是主建物。

現在那個他最恨的身影，正踩著從容的步伐，朝他走來。

「你也太想我了！通緝令才剛撤沒兩天啊。」一門之隔，闕擎跟他抬槓呢。

「別以爲你能逃得過！」程元成咬牙切齒的說，「我知道是你幹！我知道是你！」

「我幹了什麼？」闕擎平靜的說著，「是你下屬自己舉槍自殺，哪件事都跟我沒關係，我可是有人證的！」

馬的！程元成用力拍打著鐵欄杆，忿忿的瞪著他。

「我知道是你，一定是你……我不知道你用什麼方式……噢，你也召喚什麼鬼嗎？像上次那個醜不拉幾的食人鬼一樣，穿過牆，把人一口咬掉？」程元成冷笑著，「怪物！」

「嗯哼，」伴隨著嘲諷般的慢速掌聲，闕擎點了點頭，「你都見識過食人鬼了，眼界怎麼還沒開拓？許多事是無法解釋的，你的下屬也可能是中邪或是被附身所以選擇自殘！」

「你少來！從你到我們國家來開始，我們就盯著你了，直到現在你身邊發生多少事，我們都心知肚明。」程元成瞇起眼，「我此生絕對不會放過你。」

闕擎冷冷的看著程元成，「國家眞該頒發一個榮譽獎章給你。」

這身恨意眞強烈，他跟程元成之間是絕對不可能善了了！但他慶幸身在這個講究法治的世界，凡事都得講證據才行。

程元成在外頭又踢門又咒罵的，同車下屬倒是憂心忡忡，因爲他們覺得自己的長官神智正走向瘋狂！同僚的死他們當然悲傷難過，可是闕擎就是有不在場證明，他們無法理解長官如此針對闕擎的理由。

「來找我就是爲了叫囂嗎？要抓我就拿著證據來，叫囂是最沒用的。」闕擎又呼出一口白氣，「你要眞閒，去幫幫章警官吧，天候詭異成這樣，又不知道要凍死多少人了。」

「你等著！」程元成怒氣沖沖的上車，關上車門時超用力的。

闕擎禮貌的目送他離去，車裡的程元成依舊怒不可遏，「想讓我分心？幫什麼章警官，凍死再多人也不關……」

等等，他什麼時候會關心他人了？程元成突然愣住，聽起來話中有話啊。

「長官，我多句嘴。」駕駛相當不解，「沒有證據，闕擎也有不在場證明，您爲什麼執意認爲他……」

「馬克追他母親枉死在王家慘案這麼多年，就是爲了要跟闕擎問眞相，你認爲他會自殺嗎？」程元成頭也不抬的撂了一句，同時撥打手機。

「不，不會！我不相信馬克會自殺，但如何證明跟闕擎有關？」

程元成抬手示意他別說話，電話那頭通了，「喂，最近有什麼離奇的凍死事件嗎？發過來給我看看。」

切掉電話，程元成做了個深深深深深深呼吸，直視著前方。

「不是什麼事都需要證明的，我篤定，就是他。」

咿……地板發出了詭異的嘎吱聲響，厲心棠嚇得定住身子，這地板也太老舊了吧，這種氛圍下發出這種聲音超級討人厭！

古明中學的禮堂有四個門口，分據東西兩邊，她站在東南角的門口，看著裡頭寬闊的內部；現在是上課時間，禮堂裡空無一人，甚至也沒點燈，不過上方有一整圈的氣窗，還是相當明亮。

「打擾了。」她禮貌的對著空氣說著，不管看沒看見，打聲招呼總是好的。

她是個棄嬰，自小被叔叔與雅姐收養，在「百鬼夜行」裡被各種妖魔鬼怪養大，也沒有上過學，從小到大都是自學，所以沒有同學、沒有朋友，學校的一切對她來說都是新奇的。

走進禮堂後，禮堂中間的整片空地，均已擺放排列整齊的椅子，這是爲了週末的紀念日所準備，她走在椅子間的走道上，看著眼前上方那寬敞的舞台；舞台上都是深紅色的布簾，看起來再正常不過。

事發後，學校把後台全部打通，重新粉刷，但因爲當年的慘案太嚇人，所以根本沒有人敢待在那個後台裡，還有許多穿鑿附會的傳聞，她絕對是寧可信其有的，四十四個人啊，死得太過慘烈了。

他們，眞的是自發性互殺的嗎？

咿！椅子拖曳聲驀地傳來，厲心棠倏地向後轉，在明明整齊劃一的椅子中，有一張椅子往後挪了幾寸。

「哈……哈囉？」她揪著衣角喊著。

咿——下一秒，前方又有椅子發出聲響，她再度嚇得正首，某張椅子明顯得也後退了幾寸，驚魂未定，遠方左邊也有張椅子，就在她眼皮子底下向後退了數寸！

就像那兒原本坐了人，但起立時讓椅子挪動似的！

咿、咿、咿、咿、咿——椅子一張張挪動，分散且時遠時近，厲心棠嚇得趕緊衝離椅子區塊，但那聲音越來越近，越來越近，近到她覺得她身邊的椅子就有好兄弟了！

「我只是路過——」她大叫著從舞台旁的樓梯奔上，一邊驚恐的後退，看著台下錯落的椅子們。

隨便數數，她沒有心情認眞數，但是、但是……厲心棠喉頭一緊，爲什麼乍看眞的像幾十人!?

禮堂裡現在一片死寂，她不知道椅子前是不是站了誰，眨了好幾下眼，卻依舊什麼也看不見，最討厭的是，她平時能與亡者情緒同步的，爲什麼現在一片空白的什麼都感受不——

『你說爲什麼那種陰沉的傢伙會被有錢人領養啊？』

『長得好看吧！』

『那叫好看？』

嫉妒、忿恨、厭惡的情緒瞬間灌入，厲心棠難受得彎下身子，感覺到可怕的醜惡心態，她突然都憎惡起某個人了！

情緒是從後方湧來的，穿過了這舞台的紅色布幕，厲心棠踉踉蹌蹌的揭開一旁簾幕向後轉去，後台現在已經沒有門了，直接連接，僅以厚重簾幕阻隔。

大量負面的情感充塞其中，羨慕與嫉妒交雜，但更多的是嫉妒，是一種非常希望對方墜入不幸的情緒。

砰！身後的門突然關上，厲心棠跳起來轉身：剛剛沒有門啊！

她看著那憑空出現的門，變換顏色與內裝的後台，還有那一個個冒出的「學生們」。

『走開！走開！』一個女孩尖叫著，渾身是血拿著已斷開的桌腳，朝著一個男孩身上猛捅！

『啊啊不要碰我！妳不要碰我！』另一個高壯的男孩雙手抓著椅子，原地轉圈到處揮舞，看到誰就砸誰，而且是毫不客氣的照頭砸下去！

啊啊！恐懼取代了嫉妒，厲心棠全身抖個不停，腳軟到差點站不住，這間屋子塞四十四人眞的太小，她趴在地上，眞的用爬的才爬到一個角落，勉強獲得一絲喘息的機會。

看著眼前四十四名學生的相互殘殺。

有人坐在同學身上用盡力氣掐著對方的頸子，有人眞的張口撕咬對方，甚至就著頸動脈咬去，鮮血旋即大量噴湧而出。

一個被壓在地上狂打的男孩，連眼鏡都打破了，他又哭又驚恐的抓到地板上凸起的鐵釘，猛然暴起，一轉身就把鐵釘往攻擊他的女孩眼珠裡刺去！

這是什麼人間地獄……這比喪屍電影還可怕，爲什麼好好的人會做出這種事!?他們如此殘忍的殺著對方，可是個人情感卻是恐懼的——他們在害怕什麼？

『啊啊……救我！我不要！』一個男孩跪倒在地上，剛好面對著厲心棠，邊喊邊拿著尖銳的木刺，刺穿了自己的頸子。

屍橫遍野，鮮血遍布，這就是那間染血的密室。

厲心棠蹲在角落，雙手緊摀著嘴不敢叫出聲，她不敢打擾這些亡者，恐懼感漸而退去，取而代之的一種極寒，她看著牆面慢慢結冰，抬頭望著有順序的冰層，突然一陣錯愕……這什麼？

『爲什麼妳沒死？』

咦！她嚇回神，看著剛把自己頸子刺穿的男孩，歪著頭嘴吐鮮血，突然從地上又爬了起來。

『爲什麼？』

『爲什麼？』

『爲什麼……』

一具具殘破的屍體緩緩轉向她這邊，紛紛吃力的爬起身。

不會吧……厲心棠扶著冰牆讓自己站起，這些是十年前的鬼，她不在乎爲什麼他們被困在這裡十年，但是現在針對她就說不過去了吧！

『妳沒有害怕的東西？妳爲什麼沒自保？』學生們一瘸一拐的逼近她，『妳爲什麼可以獨活……』

「打擾了！」她頷首，看著眼前包圍住她的亡靈，瞥向左前方的門！「你們已經死很久了！」

咬著牙，她半閉著眼往門口的方向衝去！

可怕的是她居然能撞開那些亡者！這表示她是碰得到他們的！她伸手向門，但逼近時卻發現門不但反鎖，而且還突然冒出堆疊的桌椅，以及……屍體們！

「這太扯了！」她尖叫著，頭髮倏地被人一揪，整個被向後扯去，「我不是你們的同學！」

『妳爲什麼可以獨活？』

面對質問，厲心棠只看到刺來的尖銳物，這麼眞實的痛感，她能不能把些當成幻覺啊？

二話不說伸手抓住那根木頭，後仰狀態的厲心棠原地旋個身，讓自己轉成正面後，扯下頸間的唸珠，在空中劃出練習很久的結印！

『啊——』無形的力波震開亡者，那群學生殘缺的全數彈飛，但只限於這個空間。

看著他們撞上牆又跌回地面，厲心棠意識到他們眞的被困在這裡了！

她趕緊回頭試圖搬動桌椅，但堆疊的屍體讓她根本無法靠近，正緊張於後方的亡靈會不會再上前時，眼前一陣波動，霎時間反鎖的門與課桌椅都消失了。

咦？厲心棠一陣暈眩，尚未反應過來，就看見乾淨的窄小空間，一群學生魚貫走了進來，他們個個身穿著厚外套，外套與髮絲上都沾著白雪，一個接一個的走入。

『你說爲什麼那種陰沉的傢伙會被有錢人領養啊？』

『長得好看吧！』

『那叫好看？妳是沒看過帥哥吧？』

『拜託，闕擎長得很好看好嗎！那五官跟氣質，秒殺我們全校任何男生。』

『最好是！』

一群人擠進這窄小的空間裡，殿後的幾人突然把門關上，厲心棠這才反應過來，她上前想要推開他們，無意對上他們的雙眼，卻發現……他們毫無生機，眼神空洞，卻力氣甚大的推開她，搬過桌椅，然後有個人用鐵絲將門緊緊纏住。

『這裡好小喔！爲什麼找這麼多人來？』

『喂，你叫我們過來有什麼要說的？』

『最好是值得我犧牲午休喔！』

眾人你一言我一語，厲心棠退到了門邊的角落，她沒敢貿然上前，因爲有幾個彷彿沒靈魂的人堵住了門邊，她把自己再度塞在角落前，用唸珠當結界擋在面前，護身符都擺好了，這是有效的，至少她可以把自己鎖在這裡。

『閉嘴！』

終於，有個低沉的男孩發出警告音，那個男生非常高，走到了前方，只見眾人朝他看去，接著，他舉起了十年前的舊手機——

「棠棠！」

冰冷的手由後抱住厲心棠，直接把她拖了出來！厲心棠是蹲著的，雙手掩耳，把自己埋在雙膝間蜷成一團，措手不及之際就被拖出去，連站都站不起來，直接癱在女人冰冷但柔軟的身軀裡。

「這是怎麼回事？爲什麼記者小姐會在這裡？」男人低沉的聲音喊著，「張老師呢？涂老師？」

「她怎麼了？」劉子鈞趕緊跪到厲心棠身邊，「小雪，妳先放她躺著，我看看她有沒有狀況。」

厲心棠依舊緊閉著雙眼，天曉得她在裡面看見了多少遍輪迴的自相殘殺、永遠出不去的門，還有一次比一次逼近要她死的亡靈們，他們將她視爲洪水猛獸般的，要除之而後快。

要不是隨身帶著跟專業人士買的護身符，她都不知道怎麼捱過去！

聽見雪姬的聲音，她緩緩睜眼，很想說自己沒事，但……才怪。

她被四十四個亡靈各種情緒侵蝕感染，現在一時都恢復不了，好可怕好痛苦好難受好恨又好嫉妒，人類爲什麼要有這麼多複雜的情感？

冰冷的掌覆在她雙頰，漂亮的臉蛋映入眼簾。

「妳可別嚇我啊，老大會殺了我的！」

「……不會，妳又沒做什麼。」她有氣無力的說著。

急促的足音傳來，可以聽見陳主任在斥責著誰，兩位女老師慌張奔至，張老師說剛剛厲心棠說要去洗手間後，人就跑掉了，她們也不知道從何找起！加上各自有班級要顧，涂老師還得去看紀念日準備的話劇排練，就這樣把厲心棠甩下了。

「排練？不是下大雪了嗎？排什麼練！」陳主任對著涂老師怒吼，「要是她在這裡出什麼事，誰要負責？」

「對不起……對不起！」涂老師趕緊道歉，「就是因爲突然放晴，我才想著快點讓學生排練的。」

「妳有幽閉恐懼症嗎？臉色很差啊！」劉子鈞仔細檢查了厲心棠的狀況，「妳在裡面待多久了？」

厲心棠扣著雪姬坐起身，腦袋一片混亂，她其實很虛脫也很難受，因爲她幾乎可以感受到那些亡者的痛與懼！她下意識回頭，再瞥了眼乾淨整齊的後台，她被困在裡面出不來，但雪姬竟然就這麼輕鬆的把她撈出來了。

劉子鈞跟著望去，但一眼便察覺到那是當年妹妹死亡的場所，一雙手開始微顫。

「子鈞？」雪姬一秒扔下厲心棠，扶住劉子鈞，「別看，深呼吸，跟著我深呼吸。」

喂……厲心棠摔回地上，無力的躺著，這見色忘友是不是太過分了點？

劉子鈞被雪姬驚人的力道一拉而起，踉蹌不穩的背對了舞台，重心不穩所以還得依靠著雪姬，反手緊緊握住她，調整呼吸與氣息，但腦子裡還是禁不住浮現當年的畫面。

當年，妹妹失蹤時，身爲三年級的他，第一時間協助尋找，同時也是第一批找到妹妹的人……

撞開的木門後是一片鮮紅，他連哪個是妹妹都看不出來，只覺得滿腔的反胃，接著被老師們飛快的推了開。

「劉子鈞，先離開這裡吧！」陳主任也看出來了，「不必勉強的！」

「我沒事，只是……調適一下。」劉子鈞強忍著恐懼，緩緩的說著，「看一下那個女孩。」

涂老師已經來到厲心棠身邊，她搖搖頭表示自己身體沒有大礙，也只是需要點時間跟空間喘息。

「妳爲什麼會跑到這裡來？妳不能在校內亂竄的！」張老師倒是相當不滿，「要拍照錄影妳該跟我們說，而不是自己亂跑。」

純粹就是給她們找麻煩！

「欸！」一位趕來的男老師示意她少說兩句，「記者小姐可能也只是積極，想好好寫篇報導吧。」

厲心棠有氣無力的說了聲對不起，她怕如果眞的提出要求，他們也不會答應啊！眼前的師長們頗多，都要築成人牆了，這反而讓她覺得更加窒悶，透過他們之間的縫隙往外看，看見的是整齊劃一的椅子，沒有任何一張挪動。

「陳主任——」一位老師驚慌失措的衝進了禮堂，還因爲不穩而直接滑倒在地。

所有人往遠處角落的門看去，陳主任狐疑不已，「你怎麼了？李老師？」

「他、他、他來了！」抬頭的禿頭老師整張臉都嚇白了，趴在地上指著門口的手都在發抖。

長腿邁進，來人從容且無視於地上的李老師，未曾一秒遲疑的逕直朝著舞台走來。

「我的天哪！」張老師發出驚呼，嚇得連連倒退。

其餘的人有人困惑問著誰？有人已經直接退開，陳主任僵硬著身子，半晌說不出話來，一直看著對方走上舞台邊的三階階梯，踏上舞台。

舞台中間的劉子鈞皺著眉，看著師長們詭異的神情，又多看了來人兩眼，雪姬則睜著驚訝雙眸，回頭瞥了厲心棠一眼。

「沒事嗎？」闕擎直接蹲到了厲心棠身邊。

厲心棠都傻了，「沒……沒……」

闕擎爲什麼會在這裡？他怎麼會知道她人在這兒？她腦子一片混亂，現在這片死寂與老師們的驚慌，是因爲他嗎？

「站不起來嗎？」他蹙眉，留意到她蒼白的唇，「我帶妳走。」

「我……哇！」厲心棠是眞的想要試著站起來的！

但、但但但但是！她現在被闕擎直接抱起，而且還是以公主抱的方式啊啊啊啊！

謝謝亡靈們！感謝你們把我關住！謝謝你們不停嚇我！我說謝謝你，感恩有你們！

抱起厲心棠的闕擎看起來輕鬆不已，轉過身的他卻有別於來之時，竟稍停數秒，平靜的一一掃視眼前或熟悉或陌生的師長們。

「十周年？這誰想的爛點子？」他劈頭就是嘲諷，「十年了，你們的腦子也沒什麼進步。」

他才準備要走，卻留意到站在舞台中間的劉子鈞跟雪姬，禮貌的朝雪姬頷了首。

雪姬被弄得有點尷尬，但還是跟他打了招呼。

闕擎轉身就走，絞著雙手的張老師卻難以承受，好不容易才鼓起勇氣上前大喊：「我兒子不是自殺的！你一定知道什麼對不對？」

闕擎完全不理睬的逕直朝門口走去，門邊曾幾何時也跑來許多在這兒任教許久的老師們，每個人均刷白臉色的看著他。

「事情一定跟你有關係！爲什麼不能給我們個眞相？」張老師持續在後面喊著！「你會有報應的！」

圈著闕擎頸子的厲心棠向後看著，張老師接著痛心疾首的哭倒在地，她的聲音在禮堂裡迴盪著，她只是圈得闕擎脖子更緊，像是一種支持。

闕擎自始至終沒有再停下腳步，也不做任何回應，只是抱著厲心棠昂首闊步的離開了學校。

「闕擎？那是闕擎？對啊！」劉子鈞後知後覺的想起來了，「他變得不少啊，好像更好看了……小雪，妳也認識他嗎？」

「嗯……算認識吧。」雪姬望著消失在門口的背影，記憶突然也被勾起。

對，她該記得闕擎的，不是在「百鬼夜行」裡、不是因爲棠棠認識的。

很久很久以前，她因情緒失控讓春日降雪，巴不得冰封世界的那天，在某個頂樓看見被困在那兒的男孩，男孩在雪裡瑟瑟顫抖，在冰雪覆蓋他之前，有一堆亡魂也包圍著他。

看著男孩的發抖與低泣，把頭埋進外套裡就以爲看不見纏上的鬼魂，那數量多到她一時搞不清楚男孩的顫抖是因爲鬼？還是因爲她的雪？

最終夾帶著莞爾與同情，那天，她放過了那男孩。

「爲什麼妳會在這裡？」

前腳才踏出古明中學，都還沒來得及上車，放下厲心棠的闕擎劈頭就是質問！女孩無辜的眨了眨眼，很認真的思考她該怎麼回答。

「我到哪裡跟你沒關係吧？我就有事想過來看看。」她回答得很敷衍。

「妳是衝我來的，我不說，妳就自己查對吧？」闕擎一副洞悉一切的模樣，「還是程元成跟你說了什麼？」

有沒有這麼準！厲心棠當場倒抽一口氣，還不敢吐出來，漲紅著臉低下頭。

「哎唷！你不說我還不能自己查看看嗎？」但她很快的就認了，「我先說喔，不管你以前發生過什麼事，我對你都不會另眼看待的！」

「厲心棠，收手。」闕擎毫不客氣的制止，「不要探究我的過去，我過去的人生跟妳有很大的關係嗎？」

「當然有啊！怎麼沒有！」這邊回得倒是理直氣壯，「你只要喜——」

喜歡一個人，就會想瞭解他的全部啊！

後面一串字成了鉛，吐不出喉嚨口，只換得厲心棠皺起眉，自己無辜難爲情的哎唷！

「走了，上車！」闕擎連幫她開車門都沒，逕自開了自己的車門。

「呃……我沒事了！我還有事要辦！」厲心棠刻意舞動手腳，「你先回去吧，我開店前一定回去！」

「厲心棠！」闕擎甩上車門，同時上前抓住了她的手，「之前妳答應過我的，不會去追查我的過去！」

她被拉得旋過了身，卻不敢正視闕擎，飄忽的眼神證實了她的心虛，以及她不敢說的告白。

她不可能不去探索他的過去，因爲她想知道他全部的事，這樣也才能夠實質上的幫助他，對付像程元成那種利用公權力纏人的麻煩人物！

他什麼都不講，她能怎麼辦嘛！

「對不起！」厲心棠直接雙手掩面，「我辦不到！」

「妳——」

『呀——』

一陣淒厲的尖叫突然傳來，來自於馬路邊一個只剩上半身的車下亡魂，闕擎瞬間朝亡者的方向看去，直覺的把手上扣著的厲心棠朝旁邊甩出去！

咦咦咦！厲心棠眞的是跟拋陀螺一樣被扔出去，轉了兩圈還狼狽的跌坐在地，她又痛又氣的轉頭看向闕擎，「喂，你幹——」

唔。

只見闕擎隻手撫著胸口，痛苦得弓著背，試圖扶著車身未果，整個人即刻倒了下去！

「闕擎！」厲心棠嚇得趕緊上前扶著他，「你怎麼了？」

她焦急的想撥開他摀著胸膛的手，難道是中彈了嗎？她一邊盛怒的環顧四周，程元成連這種陰險事都幹得出來了？

使勁拽開他的手，不見血也沒有傷口，讓厲心棠大大鬆了口氣。

「你鬧我玩嗎？」她扯著他衣角瞪向他。

但闕擎說不出話來，他痛苦得臉都成紫色，厲心棠剛放下的心又被提起，二話不說的扯著他領口往下，揪出了頸子裡一大堆的護身符跟法器，有幾個交疊的符現在卻如岩石般堅硬冰冷，因爲上頭罩著一層寒冰。

她直接往他胸口裡探，寒凍感傳來，厲心棠打了個寒顫……不可能！

「不……不！不會的！」厲心棠握緊拳，冷不防給了自己一巴掌，「冷靜點！厲心棠！」

闕擎完全說不出話，五官都扭曲得痛苦拱背，厲心棠按捺住他，緊接著躍起，就往學校裡衝！

「我證件還沒拿！我再進去一下！」她指著張口欲言的警衛喊著，直接朝穿堂衝進去。

「雪——小雪！小——」

跑沒兩秒，遠遠的就看見雪姬跟劉子鈞正巧朝這裡走來，他們正要離校，聽見了她歇斯底里的叫聲。

「怎麼了？」劉子鈞比雪姬更快的趨前奔向厲心棠。

「小雪！快點幫我看看——闕擎出事了！」厲心棠倒是無視於劉子鈞，直接衝著雪姬喊，「只有妳才能幫他！」

第七章 雪女2號

雪白的走廊上人來人往，厲心棠安靜的坐在椅子上，沒有激動、沒有哭泣，反而是拿著手機聯繫事情，得到店裡一切正常的訊息後，才放下心來。

她怎麼忘了呢？拉彌亞已經回來了，她沒什麼好擔心的了！只是這段日子她也有思考，店裡應該要準備一些備案，不能什麼都依靠著拉彌亞，但是「百鬼夜行」本就是各種妖魔鬼怪聚集之地，店經理不夠有份量也很難壓制。

最有份量的是叔叔跟雅姐，店就是他們創的，各界也都非常賣他們面子，但也不能只靠他們兩個……她專注到沒留意到有人接近，一瓶溫熱的飲料遞了過來，厲心棠嚇了一跳。

劉子鈞給了杯珍奶，她趕忙接過道謝。

「闕擎眞的不打算做個精細點的檢查嗎？他可能是心臟的問題。」劉子鈞好言相勸，意外的，他居然是醫學生。

「不必，他只是需要休息跟止痛，剩下的小雪會幫忙。」厲心棠用力插入吸管，大口喝著，她血糖是有點低了。

「小雪跟闕擎也認識啊，她好特別，認識好多人！」劉子鈞笑了起來，「我一開始還以爲她住在雪山下的村子裡，想著那兒怎麼會有這麼漂亮的女孩當嚮導！而且她體力超級好，再陡的路都臉不紅氣不喘呢！」

呃，因爲那是她的地盤啊，厲心棠轉轉眼珠，只顧喝著珍珠。

「你……也認識闕擎啊？我看那些老師也都認得他嘛！」厲心棠刻意問著，因爲劉子鈞的態度與其他人不太一樣。

「認得，他很特別，幾乎不說話，有種貴族範兒，但許多人就認爲他高傲，結果他卻是孤兒！」劉子鈞認眞的回想著，「後來他被一個有錢的企業家收養，我們不知道中間的過程，只記得他就像個八卦中心，但多半都是源自於嫉妒吧！」

是啊，那四十四個人對闕擎有著深深的嫉妒，嫉妒眞的使人醜陋，因爲說穿了，闕擎身上發生的事，根本都不關那些人的事，今天王家即使不收養闕擎，也不可能收養他們對吧。

「你當初沒嫉妒過他？」厲心棠刻意輕鬆的問。

「我？哈哈哈，我不認識他啊！我就是……聽同學，還有我妹也提過，我記得我妹也非常不喜歡他。」劉子鈞提起妹妹，流淌出一絲悲傷，「雖然我覺得她可能是因爲告白被拒絕才由愛生恨。」

厲心棠差點沒被珍珠噎到，「她、你妹妹跟他告過白？」

「沒，我亂猜的。我知道她喜歡闕擎，但後來卻變得那麼厭惡，應該有什麼事吧！」劉子鈞聳聳肩，「反正也……問不出來了。」

因爲他妹妹也已經死在那場自相殘殺中了。

「那位張老師跟其他老師，都覺得闕擎跟那場殘殺有關，你應該也知道吧？」

厲心棠眼尾偷瞄著他的微表情。

「唉，知道！我是因爲這件事才退群的！這都是受害者家長群組裡在傳的，繪聲繪影……」劉子鈞看向了闕擎，「他被反鎖在頂樓，是要怎麼去殺人？一個十四歲的學生，再厲害也無法在短時間內屠殺四十四人，全身而退還不沾血吧？」

喔喔，原來死者家長也有個群啊！

厲心棠輕柔的笑著，「你好理智。」

「我這叫正常思維好嗎！我不想看那些亂七八糟的東西，那對眞相沒有幫助，我妹也活不過來。」劉子鈞又嘆了口氣，「我早收到邀請函，這次回來本來只想了攀登那座M山，但偶然遇見了闕擎，我覺得那是註定，所以……我打算來參加這場紀念活動，也是該把事情放下了。」

親人的離世，眞有這麼容易放下嗎？厲心棠持著懷疑的態度，人們的感情可以很簡單也可以很複雜，能不在乎也能執著過度，她經歷了這麼多人、這麼多事，實在很難再把人想得過度單純。

「結束後，你就要離開了？」

「嗯，我得回國去，我不是這個國家的人。」劉子鈞提起這點，還有點心酸，「有點捨不得啊……」

厲心棠緊張的捏緊了杯子，一旦他提出要離開，他就會成爲「背棄者」，被雪姬冰封住，永遠留在那座雪山中。

從以前到現在，只有一個人逃脫過。

「我覺得你——」厲心棠想要提醒一下劉子鈞。

「棠棠，」身側的門冷不防開了，雪姬神情冰冷的喚著，「進來一下。」

厲心棠緊張的咬了咬唇，雪姬剛剛該不會聽見了吧！她、她、她可什麼都沒說喔！她抱著奶茶趕緊進入病房，雪姬請劉子鈞在外面稍等，轉身就進了病房。

「妳剛想跟他說什麼？」

關上房門，雪姬淩厲的質問起她。

「什麼？妳幹嘛那麼凶？我是想問他是不是喜歡妳啊！」厲心棠故作鎮靜的往病床邊走著，「我覺得有！」

雪姬警戒心仍在，室內又凍了好幾度。厲心棠繞到病床的另一邊，背對著窗子，看著躺在床上毫無血色的闕擎，雪姬走過來，一雙眼睛仍舊盯著她不放。

「老大跟雅姐從未干預過我的事——」

「那我也不會。」厲心棠即刻接口，回以甜美的笑容。

放在背後的手指，比了個×。

雪姬現在在盛怒中，還帶了殺氣，她不當個俊傑就會是成為冰雕，她這個人好動，不喜歡當雕像。

「那就好。」雪姬一秒恢復成溫柔的模樣，「妳放心，闕擎暫時不會有事。」

「我不喜歡暫時這個詞。」厲心棠扶著額，「護身符幫他擋下了大部分的攻擊，但體內的寒冰……是雪女做的。」

「可不是我！」雪姬一秒否認，「我那時跟子鈞在一起，我——噢，另一個雪女。」

厲心棠點點頭，她當然知道不是雪姬做的，無緣無故她傷闕擎做什麼……不對啊！同樣的道理，雪女2號為什麼要殺闕擎？

「誠如妳說的，他的護身符擋下了大部分……幸好他有那些擋魔物的護身咒，不然他已經死了。」雪姬順道讚美一下，「但是有幾根殘冰渣還是進入了他體內，我能阻止那些冰渣移動，但取不出來。」

「爲什麼?」厲心棠都傻了，身體裡只要有0．0001的冰碎，就能要了他的命啊！

病床上的男人嫌吵的皺起眉，「因爲施術的不是她，解鈴還須繫鈴人。」

咦咦咦！厲心棠喜出望外的伏低身子，「你醒啦！」

「醒很久了！咳咳……」闕擎睜眼，感受著胸膛裡的冰冷，「這眞的是透心涼了。」

好冷，而且有一股隱約的刺痛感瀰漫胸腔。

「唷，小子你懂啊！的確我只能暫時阻止冰刺在你身體裡亂鑽，只有施術的雪女可以取出冰刺或是讓其銷融。」雪姬也無可奈何，「還是棠棠回去問問老大?」

「叔叔他們不會管的。」厲心棠腦子清楚得很，「我不懂，妳不是資深雪女了嗎?爲什麼沒辦法……」

「因爲我們生成不同啊，不同的雪地，結出不同的冰，妳想像成地盤不同好了。」雪姬只能這樣稍加解釋，「貿然取出，說不定反而會害到闕擎。」

她皺起眉，滿肚子的不爽，這次她完全沒有去招惹雪女2號，任其在首都肆虐，到處凍人，結果她居然還敢找上門?

「別氣了，不如抓緊時間找到那位雪女2號吧！這天眞的太冷了，她一直在首都裡凍死人也不是個頭。」闞擎戳了戳厲心棠，她一臉要氣炸的樣子。

「我這次是眞的沒空管那個雪女2號，想著她應該都找背信棄義的人，結果昨天她凍死了一個八歲的男孩，今天居然找你——」厲心棠凝重的看著闞擎，「你是不是有什麼沒告訴我？你去找雪女2號了？」

「我是那種會爲了天下蒼生的人嗎？」

欸，不是，是她多慮了，「那爲什麼……」

叩門聲突響，劉子鈞推了一小門縫，「抱歉，打擾了，那個老師們來了。」

老師來幹嘛？他們三人錯愕的互看一眼，闞擎決定假裝還沒醒，省得交際，雪姬升高了病房裡的溫度，厲心棠假裝沒事的拉了張椅子坐下。

古明中學來了三個老師，涂老師與張老師是必然成員，還有一位年輕的吳老師當代表，過來送水果禮盒，厲心棠收得是莫名其妙，還有種黃鼠狼給雞拜年的錯覺。

「我有點不知道這個禮是該收不該收？」厲心棠賠著笑臉。

「收收收，闞擎好歹是校友，又在學校前受的傷，於情於理我們都應該來探望他……沒事了嗎？」吳老師賠著笑，看上去雖不到相當年輕，只怕也是不知道當年事情的人。

「沒事，就是心律不整，太累了。」劉子鈞跟在後面補充，「打了點滴，休息一晚就能出院。」

「其實不勞煩你們的，這事跟學校也沒什麼關係……都這麼晚了，還讓你們過來一趟。」厲心棠衝著張老師假笑，「抱歉喔，張老師。」

她當然知道，張老師極其不甘願來這裡，她沒有讀到張老師的情緒，因爲她直接寫在臉上了。

「沒事就好，我們就是來看看。」張老師眼神都沒給正眼，始終別開頭。

涂老師也很難爲情，她趕緊上前，「那記者小姐妳沒事嗎？妳下午的時候不是也有點幽閉恐懼症？」

幽……喔喔喔喔！厲心棠想起來了，她差點忘了她下午被關在那個屠殺迴圈裡耶！

「沒事了，我被闞擎的事分了神，瞬間都好了。」厲心棠失笑出聲，「這是腎上腺素的強大吧！」

「呃……沒事就好。」涂老師眞的不知道能接什麼。

一時間，病房裡瀰漫著尷尬的靜寂，吳老師硬著頭皮打破沉默，看著闞擎也還在睡，不方便打擾，他們誠意送到、心意也到了，也就先告辭。

「那我跟子鈞也先回去吧，很累了。」雪姬趁機也要離開。

張老師簡直是衝出去的，一刻都不想待在這病房裡一樣，吳老師無奈的跟上前，只剩涂老師不停的朝他們半鞠躬，想解釋些什麼，但又不知道能怎麼說，畢竟她不是當事人。

「小雪，妳考慮一下！」臨走前，厲心棠暗示了雪姬，「放過他。」

「我的原則很簡單，只要不背棄我……」

「他不是他！」厲心棠緊拽著她的手，「妳明知道的，都幾十年了，不可能還這麼年輕。」

雪姬冷冷的望著她，「這是他的血脈，他身上留著他的血……」

咦?厲心棠倒抽一口氣，當年那個「背棄者」，生下了劉子鈞嗎?

「不不，那也一樣啊！他不是他！」厲心棠還是把想說的話一股腦兒都講了，「妳太執著在那個承諾了，不是每個承諾都一定會遵守到底！」

雪姬瞪大了雙眼，她僞裝成正常人的瞳孔瞬間成了一片片雪花晶，氣得讓右手成冰，凍壞了厲心棠。

「啊！」她痛得踉蹌，一抬頭卻驀地看見站在門口的女人！……「涂老師！」

喝！雪姬即刻閉上雙眼，幸好她是背對門口的，飛快的讓一切正常。

「呃，妳們在說什麼……好像有點激動。」涂老師不敢踏入病房，戰戰兢兢。

「什麼承諾？」劉子鈞就站在雪姬正後方，涂老師的身邊。

厲心棠抓緊了機會，「我說不是每個承諾都一定要遵守到底，因爲物換星移，人心也會變，有時爲了承諾違背本心死守到底，就太不知變通了。」

「好嚴肅啊！」劉子鈞哇了一聲，「不過說得也在理。」

「爲什麼？信守承諾是基本原則啊，我也是這樣教學生的。」涂老師詫異的看向劉子鈞，「不輕易許下承諾，但許下了就要達成啊！」

雪姬平復了心情，讓自己恢復了人形，幽幽回過頭。

「我也覺得要因時制宜，即使短期的承諾，例如你的學生說我下次考試一定要拿九十分，但學生很拼命了依然沒考到怎麼辦？例如妳承諾孩子要帶她去遊樂園玩，妳班級的學生卻突發狀況，身爲導師的妳必須去處理，不能帶孩子去，又怎麼辦？」劉子鈞舉了實在的例子，「的確承諾不該亂許，但很多事眞的不是那麼絕對的，就像遊樂園的例子，妳會爲了要兌現承諾，不管班上學生的事嗎？」

涂老師遲疑的思考著，張口欲言幾次，卻沒說出來。

「當然。」雪姬卻語出驚人，「她可以找別的老師代班，因爲她答應孩子了。」

厲心棠垂下雙肩，無力的轉過身去，她還是喝奶茶比較實在。

「世界不是這樣運作的！」劉子鈞對雪姬的回答有點驚訝，「如果這樣，涂老師就變成不負責任的導師了，她會被家長跟老師撻伐。」

「但她寧願成爲一個不守信的母親？失信於孩子？」雪姬瞇起了眼。

涂老師垂下眼眸，放棄反駁，只是嘆息。

「所以我說要因時制宜，她要跟孩子溝通，然後約定下次出玩的時間，只是延期，不是失信。」劉子鈞理智的解釋著，還尋求涂老師的同意，「對吧？老師！」

「啊……對對，如果是班上學生出事，勢必得去的，就是跟孩子講清楚情況，明理的孩子也不會無理取鬧吧！」

雪姬根本一副懶得聽的樣子，「難怪許多人都能隨口說說，什麼天長地久……」

她哼的一聲，帶著怒氣就離開了病房，還不爽的擦撞了劉子鈞一下。

「欸……小雪！小雪！」劉子鈞只感到莫名其妙，趕緊追上前。

而涂老師則再次重返病房，從包包裡拿出了一個信封，直接遞給了厲心棠；

她狐疑的接過，卻在正面看見了「十周年邀請函」的字樣。

「我是這次活動的主負責人之一，邀請函都是我寄的，但……我沒有在名單中看過他！可是今天我發現他明明就是十年前的相關學生，所以……」涂老師有點遲疑，「於情於理，我、我都認爲應該要給他，可是……」

涂老師的遲疑，來自於校內資深老師們的反應吧。

「我會轉交的。」厲心棠看著邀請函，亦百感交集，「冒味問一句，名單是誰列給妳的？」

涂老師不安的往門口望了眼，確定沒人後才悄聲的回：

「是陳主任。」

程元成突然積極的協助章警官調查最近的凍死案以及失蹤案，因爲章警官說還有一具詭異的凍死屍體尚未找到，依照他的直覺，沒找到的那具說不定是個關鍵。

程元成掃過一張又一張的驗屍照，這的確是說不出來的詭異，每具屍體彷彿都在零下三十度的水裡被凍住，體內全數結冰，外面還覆著一層冰塊，尤其有對情人連汽車椅子都一起被凍住，分割困難。

最扯的是，高溫無法使冰塊融化，現在連驗屍都沒辦法了。

「百鬼夜行的丫頭跟你說有三具你就信？」程元成質疑的問著章警官，他覺得老章眞的很信那丫頭。

好不容易在辦公室偷閒的章警官正夾著一口麵，又開始覺得這餐的心情被破壞掉了。

「直覺吧，這裡待久了，你會知道什麼事都寧可信其有！再說了，那孩子在這種事上不太可能會騙我，沒必要啊。」淅瀝嘛嚕，章警官滿足的吸了一大口麵。

他可是抓了兩小時喘息，坐下來好好品嚐附近他愛的麵跟小菜，接著就得繼續去忙了。

「程警官，你上次也看見了那、種、東、西，有很多事是沒辦法用常理解釋的。」章警官的第一助手趕緊替長官說話，「我們不容易看見的，就要仰仗專業人士。」

「嗯……我是很想忘掉。」程元成邊說，下意識的轉向後方那個暫時的拘留室，「實在太駭人了。」

上次他親眼見到食人鬼穿牆而入，活活咬破一個人的肚皮，那眞的不可能是人類，他並不是眞的鐵齒到底的人，但親眼見到時，依然是嚇得無法動彈。

鬼、妖怪、惡魔這種東西，果然還是存在於世界上的。現在再看這些不會融化的屍體，也就沒那麼奇怪了。

「這種冰凍屍體已經快十具了，連小孩子都不放過，可是厲小姐跟長官提及時就說之前已有三個了，因此這三具應該是最早發生的。」下屬繼續說著，「我們調查了先發現的那對情侶，男方的同事只說他那天心情很好，提早下班，感覺得出來他當時似乎有別的女人，但完全查不到是誰。」

「車子那個樣子要掃指紋也難吧？」結冰的車是要怎麼掃？

「不，氣溫升高後，車子融了！只有屍體融不了！我們也掃了指紋，應該說跡證很多，但資料庫沒有吻合的。」

「那個丫頭這麼厲害，上次那亂七八糟的食人鬼她都處理了，爲什麼這次這個撒手不管？」程元成拿著卷宗往牆上打，「哼，搞不好跟他們有關係。」

章警官皺著眉，他實在很想叫這個特殊警察滾，但礙於同事顏面，還是只能以和爲貴的忍。

「這要問您了，我印象中的厲心棠還挺熱忱的，她就一普通女孩，其實也不太會什麼驅鬼驅魔，只是對妖魔鬼怪比較瞭解……但是您每天緊迫盯人？沒有命令就監視跟蹤？」章警官假裝恍然大悟似的，「噢，還有逼得闕擎逃亡，所以她完全沒空理這件事？」

碗！程元成一擊桌子，提到闕擎他就來火。

「闕擎就是個怪物，他有罪，他罪孽可深了！你少站他那邊。」程元成指著章警官出言警告，「既然現在有那些無法解釋的惡鬼出現，你怎麼就不知道闕擎就是更可怕的惡魔呢？」

「因爲他是個人，會流血會受傷的人類。」章警官實在懶得跟他說。

「不，不……之前那個食人鬼是什麼？你跟我說，那是被殺的亡靈綜合體，卻源自於人類的操縱，所以它們與人是一體的。」程元成冷冷笑著，「最後醫生死了，食人鬼也才消滅，既然如此——爲什麼闕擎就不會是那樣的人？」

吃麵。章警官埋頭吃麵，懶得理他。

「我們看事情是講證據的，我希望程警官銘記這件事：無罪推定原則，在任何人被判定有罪前，他都是無罪的。」下屬義正詞嚴的說著，「您已經被偏見影響太深，事實上這樣子的您，並不適合介入闕擎的案子裡。」

章警官幾分詫異，下屬不該這麼頂撞程亢成，不過程亢成倒是不以爲意，他輕鬆的靠著椅背、翹起腳，拿出自己特殊警察的警徽晃著。

「看到沒？正是因爲這樣的我，上頭才會把闕擎交給我。」他挑釁的笑著，章警官得在桌下按住下屬的身子，避免任何衝突。

下屬緊握飽拳，他對闕擎或是厲心棠有好感是真的，即使純看證據講立場，他們兩個都不是該懷疑的對象，他們現在的目標，是必須提心吊膽的去面對可怕的東西啊！

退一萬步來說，他們整個警隊要感謝闕擎或是厲心棠的更多吧！

「提到食人鬼的案子……我對你的損失表示遺憾，但也確認了他們是自殺，甚至連醫生也都是自殘。」章警官幽幽的往程亢成痛處戳，「醫生的住處都搜查了嗎？」

程亢成氣得搥桌子，但被淹沒在下屬的回報聲中，「醫生的住處、或是相關老家都搜索完畢了，他家人的屍體也都尋獲。」

「書呢？」章警官輕聲的問。

下屬凝重的搖了搖頭。醫生家有無數本書，甚至是他親自一一檢查過，就是沒有厲心棠之前交代的：要找一本跟咒語有關的書。

章警官嘆了口氣，又戳了戳麵，這頓飯眞的消化不良了。

「什麼書?」程元成並不知道這件事。

「沒什麼，您要幫忙就幫到底，我們還有一位凍死的冰屍還沒找到。」章警官端著職業笑容。

程元成打量著相距數公尺的章警官，他知道他們有事瞞著他，不過他也不管，他需要在意的不是這個轄區的事，而是闞擎跟他的同夥，以及現在這些冰屍案與他的關聯。

程元成立即起身，帶著他的下屬離開，他早就已經查了近來的失蹤人口，想對照尋找，說不定其中就有那不化的冰屍在裡頭。

程元成前腳剛走，下屬即刻低語，「那對冰屍情侶的手機也復原解鎖了，女方有加一個群組，手機裡最後的訊息就是與那群組對話。」

「那是什麼群組，把重點發給我。」

「承諾群組，是有人在幫忙驗證另一半是否還記得當初的承諾，我們已經循線去找，因爲死者一死亡就被踢出群組了，有點難找。」下屬深吸了一口氣，「還有書的事，要不要告訴厲心棠?」

章警官扶著額，他覺得案子再這樣接二連三下去，他遲早會胃出血，「頭眞痛……唉！食人鬼沒結案，書沒找到，現在又扯這什麼冰屍案件。」

「呵，冰屍……」下屬難得輕鬆微笑，「我們都叫他雪女案件。」

「……雪女？」

「啊，承諾群組嘛，加上這幾具命案死前的各種筆錄，好像都跟承諾有關，都是失信之輩！所以驗屍法醫說，這些人該不會都惹到雪女了吧，不守信用被冰住了，我們就戲稱雪女案了。」

是啊，那個在停車場慘死的男人，回家前跟朋友聚會，那晚朋友說他不該為了兄弟結婚，要放女友鴿子不兌現承諾；在便利商店吵鬧的八歲孩子，是答應一堆事卻沒做到，還硬要獎品的大吵大鬧……還有生前為了跟男友約會，突然推掉閨蜜生日之約的女孩，整個人被凍死在自己的浴缸裡，現在最早被凍死的車內情侶，女方還有加個承諾群組！

章警官看發過來的對話紀錄，說好三十歲結婚，但他不打算兌現，有了其他女人……

「你要答應我，這輩子絕對不能把見到我的事說出去。」

床邊故事裡，雪女正是因為丈夫講述了幼時遇到她的事情而發狂離開的，但故事裡的雪女，並沒有殺死自己的丈夫跟孩子啊！

章警官望向窗外覆滿白雪的春天，「百鬼夜行」裡，是不是就有一個雪女？

深呼吸，痛。淺呼吸，也痛。闕擎坐直身子努力調息，但發現不管怎麼行動，胸口那隱隱作痛的感覺都不會消失。他不是傻子，就算雪姬制止了這冰刺的移動，這些東西在他體內太久，他也活不了。

不過他心中有一絲慶幸，冰物被護身符擋住後，殘餘的是進入他的胸膛……否則按照原路線，只怕刺穿的就會是厲心棠的心臟。

他看向站在窗邊講電話的女孩，她臉色凝重，是章警官打來的，鐵定沒好事。

他不理解，那位莫名的雪女2號，爲什麼要置厲心棠於死地？

是的，攻勢來自厲心棠的後背，是因爲他及時把她扔出去，才承受了冰刺，攻擊的目標，從來不是他。

「我知道了，再聯絡吧。」厲心棠切掉手機，扯著嘴角，下一秒就直往玻璃窗撞上去，「哎唷……」

「喂！」這傢伙最近很愛自殘，「撞壞了腦子也解決不了事情。」

「書沒找到啊，大哥！書啊！」厲心棠哀聲嘆氣的轉過來，「那本書這麼重要，怎麼會不見！」

「書？喔，妳認爲醫生能把人的亡靈拆開重合成爲食人鬼，是因爲有本導引書的書？」

「導引書，眞好聽，那就咒術書，是不該流在人界的，鐵定是哪個惡魔故意放出來的！」厲心棠咕噥抱怨，「他們最愛這樣，放一本在圖書館、一本在書店，就等有心人上勾。」

「這應該難了吧？現在書市這麼慘，書店都快倒光了……做成電子書？」

厲心棠彈指，「搞不好，買一送一的贈品，更方便！」

「難道不會是醫生燒掉？或藏起來，送給別人？」闕擎本想安慰她，卻發現自己越講越往糟糕的方向去。

厲心棠聞言，整個人都癱了，咚的一聲趴上他的床，「送給別人就更糟了，誰知道裡面有什麼，又有誰下咒詛咒自己……」

呵，闕擎冷笑，這形容很到位啊！那些咒術勢必是利用人性的貪圖與不滿，只要有所圖，會想透過那種咒術達成自己的願望，詛咒他人也無妨……只是說穿了，他們在展開詛咒他人的同時，事實上是在詛咒自己。

他很喜歡厲心棠的特點之一，因爲她是被鬼養大的孩子，通透很多。

「人們總是會不惜一切代價詛咒自己的。」闞擎望向窗外開始的飄雪，「不遺餘力。」

「那是！單單一個嫉妒就足以使人發狂了！像你那些同……」厲心棠說到一半，趕緊梗住。

僵硬的身子盯著床榻，右手邊坐的病人也沒吱聲，空氣陷入尷尬寂靜，厲心棠想著該說點什麼……還是去買吃好了，她肚子餓了！

「我去買——」

「妳爲什麼去古明中學？進那個禮堂？妳看見他們了？」闞擎一連問了三個問題，「被關在裡面應該不好玩吧。」

第四個問題，讓厲心棠又打了個哆嗦。

「我只是去看看，跑進去是被騙的！禮堂裡的椅子突然唰唰唰的移動，嚇死我了，很像有我看不見的阿飄站起來，我直覺就逃到舞台上去，然後……」她無辜的偷瞄著他，「我如果知道進去會被困在十年前的自相殘殺迴圈裡，我絕對不會進。」

闞擎凝視著她，這讓厲心棠心虛的閃躲，她真的應該要去買吃的！對！

「妳是不是增加了什麼能力？之前我就覺得怪，剛認識妳時，妳只是偶爾能感受到亡靈的情緒，現在是不是連人的情緒也能感受到了？舞台後面那些亡者妳也百分百接收嗎？」

厲心棠悄悄抽了口氣，圓著雙眸眨了眨，再偷看他一眼，心裡卻有點美滋滋的。

「你……居然有注意到喔！」她可什麼都沒說喔，闞擎居然知道！這表示他也是會關注她的嘛！「我也是偶然發現的，突然能感受到人們的感覺，像是種進化？」

「嗯，這是有可能的，我一開始也不是每種鬼都見得到，雖然我是不太喜歡這種進化就是了！那群死人的嫉妒是怎麼回事？都已經死了還有嫉妒的情緒？」

厲心棠用力搖頭，「不，我看見的是他們進入後到死亡，活著的時候，對你被收養感到嫉妒，那……挺可怕的，希望看你不幸、不擇手段的狠勁……明明與他們無關。」

「嗯……這不意外，嫉妒會使人發狂的，我那天如果死了，有好幾人都是加害者。」闞擎說得輕描淡寫，「不過未成年，刑罰一定是輕輕放下，用這樣換我一條命，其實很划算的。」

厲心棠抿著唇，看他說得這麼自然，但心底應該很不高興吧！

「結果你沒事，他們卻……」

闕擎突然挑起一抹笑，雙眼都帶著狡黠的笑意看向她：誰知道呢？

咦咦！厲心棠立時站起，「你知道？」

闕擎笑而不答，還聳了聳肩，「我倒不知道他們居然全被困在原地啊，眞奇妙，離不開禮堂的惡鬼們，難怪傳說不斷。」

他不想說。

厲心棠有點失望，「我還以爲你封的。」

「我要這麼厲害，犯得著躲那些鬼嗎？我躲得這麼辛苦就是不想被纏上。」不過想著那些亡者在原地自相殘殺十年，投胎不成、離開不能，他倒是挺喜歡的。

他們最想鎖的人，卻活了下來，雖然也沒活得多好。

厲心棠仔細思考，說得也是啊，闕擎討厭跟人以及鬼打交道，才都一直躲著，也避開與鬼交換視線，是因爲陰錯陽差遇到她，才一直被她拉著東奔西跑，他要這麼厲害，還需要躲嗎？

可是，他明明就不是普通人吧！

「妳有什麼想問我的嗎？」

闕擎突然問了這麼一句，厲心棠嚇得看向他，心跳漏了一拍，下意識的飛速搖頭。

「我回來後，妳一句都沒問我上火車後的事、也沒問那輛車、沒問我爲什麼能下車，表示妳知道那輛火車跟我的事。」闕擎瞇起了眼，「不想問我是誰嗎？」

「不想。」厲心棠斬釘截鐵，「我問你，你就會說嗎？你不想提起過去我都知道，所以我不問。」

「但妳在查。我知道妳在查王家，今天又去了古明中學。」闕擎深吸了一口氣，「我不想說，是因爲一旦妳知道了我的過去，妳……」

厲心棠緊張的正視了闕擎，雙手絞著衣角，她不知道闕擎接下來要說什麼，但是她的心比什麼都堅定。

「我去查，跟你說出來是兩碼子事。」她鼓起勇氣，「喜歡一個人，就會想知道他的全部！但我知道後，並不會跟你說，我能當成什麼都不知道，相安無事……」

「那是不可能的。」闕擎打斷了她，「一旦妳知道過去的事，妳就會……離我而去的。」

所以，他怕什麼？

闕擎腦海裡閃過了自嘲，他不是一直覺得這女的很煩，扯著他到處管閒事，讓他離開了與世隔絕的平靜生活嗎？

但現在，他卻不希望她知道過去的事情，因爲……他不希望她離開他。

「不會。」厲心棠再度堅定的說，「不管你是什麼，我都喜歡你。」

又一聲喜歡。闕擎只感到心臟一陣刺痛。

喜歡，這是個對他而言，太過奢侈的字眼，他這輩子不值得擁有這兩個字。

「妳太年輕，又被那群鬼保護得太過度，妳搞不懂什麼是喜歡與愛……」

「比我大沒幾歲的人教訓我這點太沒說服力。」厲心棠立刻駁回，大膽的挪近了他一些，「都講到這裡了，那你願……意告訴我嗎？」

闕擎望著她，緊蹙起眉，痛苦的閉上雙眼，雙手都掩面了。

「不想說沒關係的，我不會逼你……」

「我是黑瞳。」

第八章 地道幽魂

她對那座雪山再熟悉不過了！

那是她與丈夫相識的地方，也是她被丈夫殺死的地方，更是她化成雪女之地！她懷著怨恨而生，在雪裡等待著復仇的機會，終於等到那個男人再度上山，卻認不出她了！他依然對她一見鍾情，依然許下諾言，依然背棄她。

他說會娶她，但要下山先告知父母，但她知道他不會回來的，她只是一個在孤獨雪山裡玩玩的女子，所以她將他冰凍，沉進了冰湖裡。

接著她才慢慢明白，那個被她沉進湖裡的不是她的丈夫，他早就已經死了幾十年了，丈夫沒有再踏入那座雪山，她沒能親手爲自己報仇，那滿腔的怒火與恨意襲捲了她，造成了一次不小的雪崩，拉了數百人陪葬。

此後數百年，每隔一陣子都會有個神似丈夫的男人出現，即使沒有，當她現身時，總會有男人迷戀上她，也總會許下山盟海誓，但最後每個人都決定離開。所以這片深不可測的雪山中，處處都有她的收藏品，那些男人們都會成爲冰雕，陪伴著她。

一直到那個男人的出現。

他長得一點都不像丈夫……像不像她也不知道，因爲丈夫的模樣在歲月中漸漸變得模糊，明明如此恨之入骨，幾百年後卻不再記得。新的男人喜歡復古的裝扮，連大衣都是褐色的，雪鏡的邊也是皮革邊框，才華洋溢，能說會畫，隨身帶著一本也是褐色皮革的筆記本，或寫或畫著所見所聞。他還留著一撮性格的鬍子，聲音非常非常低沉。

他在世界旅遊，見多識廣，跟她說著外面的世界多遼闊多美好，還有都市裡的燈紅酒綠，摟著她說，如果她願意，他想帶她去看看。

她過去喜歡戀愛的感覺，但這次她是眞的陷進去了，因爲男人在這裡待得太久了！他不僅登山，他還是氣象站員，在這兒做各種研究，他們墜入了愛河。

他不走，就不等於背棄她對吧？

她想著，該怎麼活著永遠留下他？因爲她不知道自己能不能離開這片雪山……她是雪女啊！

但那天還是來了，他提出必須回家一趟，可是他對她提出了邀約：跟我走。

她眞的動容了，不是「等我回來」，而是「跟我走」。

但她走不了的吧？她怕到了平地她就會融化，她說不定會消失，沒有雪她該怎麼生存？唯一的方法是他留下來，天下沒有不散的筵席，但她的天下不一樣。

男人看出她的猶疑，想要一個理由，她說她無法離開這個地方，她會怕；男人思忖了一會兒，告訴她，那請她等他！

他會回來，然後漸進式的帶她離開，適應平地的生活，最終他們能一起環遊世界。

她笑了，終究是「等他回來」。所以她開心的答應，然後邀他去爬最後一次山，由她規劃路線，她想把他冰在最美的地方，讓他看最好的風景，也讓他成爲最美的風景之一。

她是眞的好愛他，但是最終他也跟其他人一樣。最好的方法就是留下他，這樣就能天天見著他了。

意外卻發生了！她甚至不知道發生了什麼事，登山到一半的她聽見地鳴，大地震動，即使她是雪女，也無法阻止山的咆哮，大量的雪沖刷而下，她試圖護住男人，但是卻有股力量阻止了她。

她化成雪的一部分，與雪崩一起沖下山，四處尋找著男人的蹤影，然而卻突然陷入炙熱的黑暗中，四周都是牆，她數百年來第一次被困住，嘶吼叫喊也衝不破，不知道時間的流逝，只能被困在狹小的空間裡，直到強光射入……

『這什麼？裡面都是水了吧？聽這個聲音！』

『啊？我想著帶雪回來呢！』

一陣甩動，她眞的是被拋出去的！

她瞬而飛升上天，映入眼簾的是五光十色的霓虹燈，車水馬龍的世界，嘈雜的聲音令她一時難以適應，過熱的氣溫也讓她覺得渾身難受，她驚恐莫名的呼喊著男人的名字，然後讓氣溫驟降，烏雲蔽日，降下了大雪。

她意識到自己不在雪山，意識到自己找不到男人在哪裡，意識到這或許是男人口中的山下世界，更意識到自己可能永遠失去男人了！

『啊啊啊——』

她失控的讓世界轉瞬降於零度之下，氣候異變得颳起大風雪，毫不惋惜人類生命的增加風雪威力，看著世界被白雪覆蓋，她想著要把這裡變成她的雪山。

在空中哭喊著的她，看見一個被亡者包圍的中學男孩。

接著看見了一樣站在屋頂的金髮男人、西裝筆挺的蛇尾女人，甚至是那位婀娜走來的美麗女人。

『妳是雪女嗎？』

溫和有力的聲音直擊心房，她回過頭，看見了改變她生命的老大。

「記得啊，跟妳見面的第一天，妳跟神經病一樣，硬生生把世界從二十一度降到零下十五度，只花了半小時。」

吧台裡的德古拉將調酒倒入杯中，推給了她。

雪姬輕輕對著眼前一排杯子吹氣，急速結凍法。

「被保溫瓶帶下來我覺得蠻屌的！」新來的車禍鬼好奇的問，「居然這麼容易！」

「容易個頭，一大片雪山，你要剛好遇到一個想帶雪回家的人、還得剛好挖到藏有雪女的雪，這機會比中樂透難多了。」拉彌亞白了他一眼，「擦桌子。」

車禍鬼摸摸鼻子，拖著殘缺的身子趕緊去擦桌子。

「所以那個男的，是十年前那位男人的後代嗎？」長頸鬼顯得很吃驚，「這麼剛好十年後，他又去那座雪山？」

「他們身上有一樣的血，我感覺得到。」雪姬低垂眼眸，忽地一抬頭，「他來了，你們少說兩句。」

洗手間那兒走出劉子鈞，他朝著拉彌亞微笑，再度讚嘆的看著這寬大的空間，然後來到吧台，坐到雪姬身邊。

「我查過了，這裡眞的非常有名耶！高水準的酒吧。」劉子鈞趕緊讚美一番。

「謝謝。」拉彌亞送上了點心，「請慢用。」

「謝謝……眞不好意思，明明還不到營業時間！」劉子鈞連忙道歉，現在是下午三點，未到夜店營業時間。

昨天小雪突然生起氣來，也不跟他溝通，就這麼氣呼呼的回旅館睡覺，直到今天早上氣才勉強消了點！劉子鈞提出想看看她平常生活的地方，雪姬只好硬著頭皮，把他帶到了「百鬼夜行」。

她沒說謊，她的確是在「百鬼夜行」工作。

「妳在這邊是扮什麼的？我看網路上說，服務生人人都扮裝……」劉子鈞一邊說，一邊看著路過的青面鬼，「呵，好像喔！這麼早就化妝！」

方型骨格，眼珠爆突，青面獠牙，挺嚇人的咧！

「我扮……雪女。」她回得有氣無力，她是本色演出啊！

「哇！真的假的？好想看啊！」劉子鈞眼睛都放光了，「一定很漂亮！妳的氣質很符合的！」

「我也這麼覺得，一模一樣對吧？」吧台裡的德古拉說著風涼話，雪姬偷偷瞪了他一眼。

「對，小雪漂亮、皮膚又白，如果畫上紅唇……」劉子鈞想像著，竟笑了起來，「眞的非常非常美，雪女本女吧！」

雪姬難爲情的拿起調酒喝著，可惜的是她再羞赧，臉頰也不會泛紅。

「所以，劉先生喜歡我們小雪嗎？」拉彌亞開門見山，嚇得雪姬差點滑掉手裡的杯子！

拉彌亞！她不敢相信的看向左手邊的拉彌亞，她爲什麼突然提這個啦！

果然連劉子鈞也尬住了，他瞬間滿臉通紅，看來答案不言而喻。

他喜歡，從在M山下準備登山開始，到山上的每天相伴努力，他早就被小雪吸引了，加上他們這幾天都在一起，讓他更覺得小雪是蕙質蘭心的女孩！

「你別理他們，他們愛開玩笑。」雪姬趕緊找補，「吃、吃東西！」

「我喜歡妳啊。」劉子鈞就這麼自然的說了。

喔喔喔喔！德古拉與拉彌亞相互交換眼神，這位帥哥是否能逃過成爲藝術裝置的命運呢！

「子鈞……」雪姬雙眼水汪汪的，咬著唇低下了頭，「我也喜歡你。」

劉子鈞大膽的握住她永遠冰涼的手，又害羞又興奮的，以小雪的美麗而言，一般正常男人看到都會喜歡她，再者她對山的瞭解與從容更令他欣賞，受到親人影響，他很小就開始爬山，也挑戰了百岳，許多崇山峻嶺都挑戰過，唯獨就是那座M山，直到今年才挑戰。

雖然再度鎩羽而歸，但他也有心理準備，畢竟能征服M山的人少之又少。登頂未成，卻遇到小雪，反而讓他覺得非常幸運。

「可我聽說你住在國外，有考慮要留下來嗎？」拉彌亞再追問一句，「小雪只怕無法離開這裡。」

「咦？」劉子鈞微微一怔，眼神飄著，「呃，我還沒想到這麼遠，其實我現在留下來也是爲了妹妹的忌日，機票就買在下週，下週就得回去了。」

雪姬的眼神沉了下去，她知道的，她終究會是被留下來的那個人。

嗯，德古拉爲自己調了杯酒，提早祝這位仁兄下輩子快樂好了。

「我是真的很喜歡妳，但我必須把我的感情弄清楚再跟妳交往。」劉子鈞下一句語出驚人，「我在國內還有個女朋友。」

雪姬不可思議的看向他，他已經有女人了？

「哇喔，有點驚人啊！」德古拉淺淺笑著，「那或許不要跟我們小雪糾纏比較好。」

其實說實在話，劉子鈞這不算背棄了小雪，因爲他從頭到尾也沒給她什麼承諾！再說了，硬要論起來，雪姬是小三咧！

「我沒有啊，我喜歡她，但今天之前我也沒說破，自然也沒提出過交往，因爲我還有女朋友。」劉子鈞說得倒是理所當然，「與小雪在一起的每一刻我都喜歡，所以我認爲我應該先正式分手，再談下一段戀情。」

「可是，你的女友是無辜的……」雪姬微蹙起眉，「你對她該有承諾。」

「嗯，熱戀時大家什麼承諾都會講，但有幾個人談一段戀情就是一輩子？這樣每個人豈不是都跟初戀白頭到老了？更何況結婚的都能離婚了！」劉子鈞挺不以爲然的，「感情淡了，不喜歡了就分開，我覺得這才是對一段戀情的尊重！我不希望讓妳變成第三者，我也不希望劈腿，因此必須先好好處理我的感情。」

他與女友的感情原本就轉淡，交往了六年，少了初時的激情，平時很少聯繫，都是固定的早安跟你吃了沒，他不知道她每天在做什麼，如同她直到他抵達M山時，才知道他去登山一樣。

這也正是遇到小雪，他就突然心花怒放的主因吧。

雪姬陷入沉思，德古拉見狀趕緊拿著剛調好的酒與劉子鈞互碰，他啜飲一口後，下一秒咚的倒上吧台呼呼大睡。

「德古拉！你做了什麼？」雪姬緊張的檢查劉子鈞撞上桌子的前額。

「讓他睡一下啊，這場面多尷尬！」德古拉理所當然的說，「妳應該也要點空間吧！」

「厚！」雪姬跳下椅子，開始來回踱步，漸漸變回了她雪女的姿態，「他有女友了！有女友了！」

「重點是如果他回去分手後，眞的回來跟妳交往，妳會放過他嗎？」拉彌亞從容的問著，手一揮，桌上的點心盤咻地來到她面前。

「不可能！他只要離開這裡，我就會冰了他！」雪姬倏而回首，雙眼凌厲。

「那他如果他用電話跟他女友分手，留下來跟妳在一起呢？」德古拉提出另一種可能。

雪姬瞬間變得柔和，嘴角掛著淺笑，「那我會覺得很幸福，終於讓我等到一個不會背棄我的男人……」

「可是，」久而不語的長頸鬼突然從包廂裡冒出頭，「他為了妳背棄了對另一個女孩的承諾耶！」

霎時間，大風雪凍住了長頸鬼的頸子，她那在半空中繞十個圈的頸子瞬間變成另一種藝術裝置。

「閉嘴！」雪姬咆哮著。

腳步聲從二樓走下，所有人紛紛回首，美豔的女人穿著一身淡粉走來，隨意用髮簪盤著長髮，看來這個月是漢服風。

「小雪，妳是認為背棄承諾罪該萬死，還是只是不能背棄與妳的承諾？」女人朝向德古拉瞥了眼，他即刻心領神會的蹲下身子，拿出了古典茶具。

雪姬的眼神變得冷峻，肌膚如紙般雪白，唯有一抹如血的紅唇妝點，她冷漠的走近吧台，警告般的看著女人。

「雅姐，我的事不需要你們插手。」

「妳到店裡這十年來殺了多少人，我們插過手嗎？沒有。」雅姐婀娜的撥弄著髮簪下的珠鍊，「只是妳要明理，這個男人，並沒有對妳許下承諾，如果妳變成濫殺者……」

雅姐的鳳凰美甲在頰畔輕點，勾勒的微笑卻令人不寒而慄。

德古拉熟練的開始溫酒，古典的酒杯已經擺放整齊，大廳的氣氛壓抑沉悶，雪姬也不敢貿然的反抗。

「天氣太冷了，妳能想個辦法嗎？」雅姐幽幽的說了不相關的話，彷彿想緩和氣氛。

「那不是我做的，我只能制止。」她喉頭一緊，拿起桌上的酒一飲而盡。

「妳們對承諾都太執著了，這可真不好。」雅姐嘆口氣，不知道還得凍死多少人，「妳這輩子的怨懟，絕大部分是妳自己造成的。」

雪姬揚起雪白的睫毛，默默看著雅姐。

「妳不重視嗎？老大與妳之間的承諾，妳不希望天長地久？」

「天長地久？呵，人心會變，環境也會變，能一起走下去當然最好，但別把愛情的承諾看得太認眞了！那男人剛剛才說，難道爲了承諾，每個人即使不愛了，也要跟初戀一起到老？不能離婚？」雅姐一抹冷笑，「人類數十年都如此，我跟他已經相戀七百年了，我們從不想永久，說不定連八百年都過不了。」

「怎麼……妳不愛他嗎？你們付出了這麼多的代價才在一起的——」

「我愛啊，但會不會有不愛的一天？如果我們能相愛到底當然很好，但不愛了怎麼辦？」雅姐似笑非笑的凝視著她，「我跟妳可不一樣，不會因爲不愛的人執著。」

什麼!?雪姬瞪圓冰晶雙眸，「我哪有不愛……」

「妳愛他嗎？」雅姐瞥向了趴在吧台上呼呼大睡的劉子鈞，「妳愛的是那個妳沒殺掉的？還是愛那個把妳活埋的？」

「雅姐——」

「妳愛的只是個影子，那個殺掉妳的，男人的影子。」雅姐說話毫不留情，「妳只有殺過誰，並沒有愛過誰！」

纖手執起酒杯一飲而盡，德古拉亦優雅的爲其斟滿。

雪姬收緊下顎，無法接受的後退著，「閉嘴！妳不許亂說，我愛他們，是他們背叛了我！背叛了——」

伴隨著如風雪般的尖嚎，雪姬化成一道旋風冰雪，咻地衝出了氣窗之外，同時間長頸鬼的冰封解除，又變回軟Q有彈性的脖子了！

「妳也沒必要點破。」拉彌亞唉了聲，「都縱容她十年了。」

「那孩子對棠棠挺好，又幫了闕擎，我想試著救他。」雅姐指著劉子鈞，「而且我也想知道，飄盪在外面那個雪女是怎麼回事。」

「要找嗎？」拉彌亞幾分好奇，畢竟店規是不能干預人界的事。

「不急，但是找個時機，告訴棠棠今天發生的事。」雅姐又喝了一杯，若有所思，「那本書得拿回來，不能再這樣亂下去。」

「瞭解，那我打給那對姐弟吧！」

邪惡、貪婪、瘋狂的情緒充塞在整棟樓中，厲心棠只是站在一樓就能感受到強烈的情緒，但同時間又有一份單純的快樂穿插在裡頭，淡化了那些無止盡的貪婪。

「別被別人的情緒拉走。」

剛躺好的闕擎淡淡說著，他是真的有點累。

上午他堅持出院，回到自己的療養院，雖是精神療養院，但這兒都有專業的醫護人員，厲心棠有點不太高興他沒選擇回「百鬼夜行」，回到她家才是最安全的啊！

但是他說他在這裡比較方便，畢竟古明中學就在後面，最近有些不尋常的東西在作亂，亡靈也越來越多，他得待在這裡才會放心。

但她就不放心啊！現在的他胸膛裡可是有碎冰啊！

「好啦！我現在也沒心情理他們！」她鼓起兩個腮幫子，「雪女2號是跟我卯上了，我本來沒空管她的，結果現在居然傷了你！」

「別去找，妳對付得了她嗎？」闕擎隨口說說，反正厲心棠會聽才有鬼。

「我得先知道她在哪兒吧！連小孩都不放過，比雪女更像惡魔！」厲心棠搓著一頭亂髮，「一定是那本書害的，我要找那本書，啊，還有群！」

「妳要去哪裡找？」闕擎懶洋洋的問。

「古明中學啊，你在那邊受傷，她鐵定在附近！」厲心棠早有盤算，「雪女2號絕對躲在學校裡。」

闕擎認眞的睁眼看向她，「這麼肯定？」

「雪姬來店裡雖然才十年，但我也是跟著她長大的，特性跟痕跡我熟得很！學校有些地方有冰層，而且特別的冷。」厲心棠突然回想起，「對了！我被困在自相殘殺迴圈的過去時，牆壁是直接被冰封的喔！」

「有沒有可能，是十年前的那天有雪姬？」闕擎記憶深刻，「我那天差點被凍死，氣溫驟降，首都活活凍死百餘人。」

「是嗎？十年前……」厲心棠仔細回想，雪姬也是十年前來的，是哪天來的呢？

啊！現在不想這麼多，她先去找那本書的下落，說不定能循線追到雪女2號！醫生不是把書給了重要的人，就是被有心人士偷走了。

「你好好休息，別輕舉妄動，也不要亂跑，明天再來找你。」厲心棠趕緊穿上外套，白天光陰有限，她要快點辦事。

「原話奉還，請妳直接回百鬼夜行。」這叫盡義務，他有提醒，聽不聽在她，省得要是出了狀況，拉彌亞又要唯他是問。

他只是個黑瞳，敵不過敵不過。

「走了，掰！」果然沒在聽，厲心棠蹦蹦跳跳的進入了專屬電梯。

聽著電梯門聲音關起……又開啓，他忍不住笑了起來，朝電梯那兒看去，小腦袋瓜兒探出。

「你讓我到你家來，我很開心。」她比了個心，「我喜歡你。」

「知道了，說得夠多次了。」他不耐煩的說著。

「明明喜歡！哼！」她吐了舌，再度蹦跳著進入電梯。

按下1樓的鈕，厲心棠堆滿微笑，直接在電梯裡轉起圈來——今天眞是美好的一天！她告白了！他沒有說走開，還讓她扶他到療養院的七樓！管制區，他、的、家！

這是不是代表他接受她了？他也喜歡她對吧？雖然讀不到他的情緒，可是他會護著她、會擔心她，噢，昨天那個公主抱，眞的是讓她死而無……行！死了就什麼都沒了！

「太棒了！厲心棠！」她逕自爲自己加油，「勇敢追愛，不畏困難！我不管他是什麼，反正我就是喜歡——」

不過，她微微一愣，黑瞳到底是什麼啊？

咚！電梯突地震顫，厲心棠及時扶住牆緣，怎麼了？

『來……下來……』

不會吧？厲心棠趕緊摀住自己的耳朵，看向電梯裡的按鈕，居然每顆數字鈕都發著光，按順序般的閃爍著！

別鬧啊！她死命按著1樓，但電梯還是持續往下走！闕擎在這棟樓設了很多結界，也跟唐家姐弟買了很多各界的護身符，爲什麼還有東西可以侵入！

『妳不想知道他是什麼人嗎？』

『下來，我來告訴妳……』

「這哪門子蠱惑人心的說法，還有問有答的！」厲心棠喃喃唸著，「這種技倆我熟得很！不要鬧我喔！」

喀咚，電梯急煞，震顫間又讓厲心棠的心跳漏了一拍。

電梯門緩緩開啓，一股強大的壓力直襲而來，厲心棠整個人貼在電梯底部，全身上下每根汗毛都豎直，眼尾瞄著關門鈕，她想著現在按關門，應該沒什麼效對吧？

他眞的很不喜歡……但她知道，不走出去事情不會了的。舉起來瞥了手機一眼，按慣例的沒訊號，她轉了轉手裡的蕾絲戒，那是叔叔送她的，必要時可以保命。

身上所有的護身符跟法器都有帶齊，平時的訓練也都沒忘，就是……就是沒拿個東西在手上當武器有點不安而已。

呼，呼，她深呼吸，做著永遠做不好的心理準備，踏出了電梯外，她聽見電梯門緩緩關閉，每次都這樣，非得出來了才關，人在裡面就死不關。

眼前依舊是那片陰暗、潮濕的通道，她其實來過這裡。

上次闕擎被程元成纏得進出困難，就曾帶她走過，她才知道原來底下有這麼一條地道，直通後山的銀杏林……只是上次闕擎是用管制卡搭電梯帶著她下來，還緊緊牽著她的手喔，這次是被人請來的。

地道裡窄小陰冷，濕氣重得令人直打哆嗦，牆體濕漉漉一片，被滲出的水浸濕，而且完全沒燈，暗得伸手不見五指。那時的她是抓著闕擎大衣往前走的，可是現在……

前無古人、後無來者，她一個人在這條陰暗的地道中行走，四周卻還能陰風慘慘，只叫她舉步維艱。

手機的手電筒往前照去，令人心驚膽顫，她多怕突然照到什麼跳出來的東西！

『錯了，這邊。』

低沉幽遠地聲音突地從她右後方傳來，厲心棠驚呼出聲，回頭看向右手邊的牆面！

「誰啊？」地道狹窄，她一轉身輕易撞到了牆，寒冷的天氣讓牆上的水都結凍了，又冰得她哀哀叫。

『這裡。往前。』聲音眞的是從裡頭傳來的，但是厲心棠怎麼看，眼前就只是牆體，『不要相信妳的眼睛。』

「不然信你的嗎？」厲心棠一邊說，一邊掏出了護身符，「我們無冤無仇，我——」

燈光被折射掉了。

厲心棠狐疑的再往前一步，靠近眼前的牆體，才發現這是視覺障眼法！眼前看似是牆，背後其實有通道，只是利用視線錯覺讓人以爲只是一面牆；她拿著燈往裡照著，牆壁因爲潮濕都已結冰，通道像是祕道般非常狹窄，比外面更加漆黑。

「我傻了才會進去。」她一咬牙，決定退出——

『喂。』後方突然傳來詭異的聲音！

「哇啊——」厲心棠嚇得直接往前衝，一閃身就鑽進了牆後的密道，聽見後方的腳步聲，她左撞右碰的，有地方就鑽，三兩下就通過了那九彎十八拐的祕道，直接撲進了一個寬大的空間裡！

「噁！」空氣中瀰漫著一種難以言喻的腥氣，她止住腳下的打滑，手電筒朝地板照去，果然覆了層冰。

她不敢往上照，只知道她在一個寬敞的空間，但不想看見有什麼。

「無冤無仇！」她緊閉起雙眼，「我只是路過，我也無意冒犯！」

滴答——滴答——水滴聲過分清楚的在洞穴裡響起，在這應該都結冰的地道裡，顯得格外刻意。

「我什麼都幫不了，我現在就要離開。」她堅定的說著，後退了一步，「我來自『百鬼夜行』，請各位見諒。」

在外遇到魍魎鬼魅時，她會報上自己的名號，這樣多少會有點恫嚇作用，因爲他們店裡眞的集滿了妖魔鬼怪啊！

『呵呵……幫我跟妳叔叔問好啊！』

黑暗中驀地傳來一陣狂妄的笑聲，緊接著一股壓力直接向厲心棠衝來，她雙手交叉前方的阻擋，手上的護身符果然準確的擋下了對方！

厲心棠驚恐的抬頭，伴隨著她高舉的手機，她還是看見了前方……什麼？

她不可思議的看著眼前的半圓形洞穴，非常寬廣，其實最少有十坪大，整個牆面上鑲嵌著一顆顆的頭骨，正前方有個怎麼看都像祭台的石桌，上頭還雕有花紋。

而在「裝置藝術」的牆上，還有六個詭異的凹洞，裡面放著邪氣龐大的物品，無法言說，但那種令人發自內心的恐懼的氛圍，正壓得厲心棠喘不過氣。

「誰？請報上名號，你認識我叔叔？」

『說謊的人，說好釋放我的，食言的、該死的人類！』迴音從四面八方傳來，『我們惡魔最守諾言，但卻遇上了食言的人類，我、一定、要將他碎屍萬段——』

『妳來放我們出去吧！孩子！』

『我能實現妳所有願望的，妳……想跟那個男孩在一起對吧？』

千言萬語直接鑽進厲心棠的腦子裡，各種影像開始出現，她跟闕擎一起在「百鬼夜行」經營的模樣，他們一起出去逛街的快樂，甚至是他決定永遠搬過來與她住在一起……

曾幾何時，厲心棠已經握著祭台上的一把刀子，眼前的牆上，刻有一行字。

『只要輕輕的劃一刀……』

『跟著我唸……』

厲心棠高舉起刀子，伸出自己的左手——「喂，我認識惡魔文字啊，大哥！」

她又不傻！

她直接摔下刀子，那應該是骨刃，骨刃在石台上發出鏗鏘聲響，她轉身立刻想往來時路衝去，但這一片漆黑的，手電筒光亂照，她根本慌得一把，找不到從哪邊離開——說時遲那時快，眼前竄出無數個身體殘缺、面目猙獰的惡鬼們，張牙舞爪的朝她撲來。

『叫那個逆子還我命來——』

『那個背叛者！』

一張熟悉但猙獰的面孔直撲而來，厲心棠沒有遲疑的拿著早纏在手上的佛珠往他臉上就是一拳！

老人被佛珠傷得向後，一旁還有更多身體破損、死狀甚慘的男女老幼，紛紛朝著她撲來！他們試圖抓住厲心棠，但她拿著唸珠亂甩，逼退一個是一個！

這些人她見過！她在照片裡見過——

「在做什麼？」

令人不寒而慄的聲音略帶著微顫響起，同時間啪的一聲，燈光竟大作，陰暗的地穴突然亮了起來。

厲心棠半蹲著身子，聽著怒罵與恐懼的叫聲離去，咚的一聲直接跪倒在地……這裡有燈啊！早知道她剛剛就先找開關了。

拖鞋聲緊接著傳來，眼前依舊是面牆，闕擎沒幾秒後沉著臉走出，沒有第一時間查看厲心棠，而是仔細的環顧整個地穴，最後才重重嘆口氣。

「出口在一樓。」這下是對她說的了。

「嗚……」女孩可憐兮兮的抬頭望著他，委屈得要命。

闕擎無奈的朝她伸手將之拉起，厲心棠臉上有著傷痕，他抓起她的手腕時，她才吃疼的哎唷了聲，手肘內部有數道刮傷，剛剛緊張情急都沒感受到。

「我有擋住的啊！」她指著胸前掛的法器。

「戾氣吧，很難擋的！」他拉著她轉身就走出，「以後不要亂走，行嗎？」

「我如果說是不得已的呢？」她怯懦的問著。

「有人召喚妳嗎？」闕擎輕鬆的領她走完那彎繞的密道，回到了潮濕的地道，「怪了，妳又不是陰陽眼，最近也太容易聽到了吧？」

「電梯連一樓都不停。」她再補充一句，絕對不是她故意要下來的。

闕擎深吸了一口氣，「嗯。」

打開手電筒，他緊緊拉著她的手，往電梯的方向走去，看著眼前寬廣的肩頭微顫，厲心棠有種暖心的感覺。

「你怎麼知道我……嗯……」每次都這麼及時！哪個女孩受得住啊！

闕擎沒說話，拉著她進入電梯裡，直接把她往底部送去，整個人擋在門口，旋身直視著眼前黝黑的地道。

眞的不要惹他，他在心裡默唸著，雙眸銳利的瞪著黑暗裡的東西，直到電梯門闔上。

「是我不好，我應該陪妳下來的，我沒想到他們會召喚妳。」門一關上，闕擎放軟了音調轉身向她，「妳受的傷得淨化一下，答應我，立刻回店裡？」

嗯……厲心棠歪了頭，用手背胡亂擦了臉頰上的血，「沒辦法，我想先去找章警官。」

「厲心棠！」

「時間有限啊，你受著傷我沒有偷懶的時間。」她氣呼呼的說著，「我有帶唐大姐給我的符水，我保證上藥！」

電梯抵達一樓，闕擎萬般無奈，下意識的撫上她的臉頰，「我不是妳的責任。」

「嗯，不是。」她回得很自然，忍不住堆滿微笑，「我自願的。」

邊說，她像貓一樣往他的大掌裡蹭了蹭。

闞擎難為情的收了手，這一次他得親自送她到門口去。

「闞先生？你怎麼穿得這麼單薄？」護理長一見到他都傻了，就一件棉質睡衣！「在下雪了啊！」

「咦？你穿這麼少！」厲心棠這才看清楚，就是剛躺下那件睡衣啊！

是因為她嗎？因為擔心她所以直接就衝下來了！

「有什麼大衣借我披一下，我送她出去。」

「不必不必！我沒事的！」厲心棠直接抵住他，把他往電梯的方向推，「我等等叫台計程車，車子來了我再到門口去。」

「不行！」闞擎立刻反手抓住她手腕，又把她往電梯外推，「我得親眼看著妳上車，出什麼差錯我擔不起！」

「進去啦！」厲心棠死命阻擋，兩個人卡在電梯那邊成了一種拉鋸戰。

哎～唷～一票護理師吃瓜般的看著這小倆口打情罵俏，拿病歷表遮著下半臉，雙眼都瞇成彎月型了。

闕擎留意到這困窘的情況，耳朵跟著通紅，但還是只能硬著頭皮直接圈起厲心棠的腰，把她抬離地面的抱出電梯。

「叫車，那個誰，外套借我。」邊說他略蹙眉，看來不能施力，胸膛又有點兒刺痛了。

厲心棠整個人心花怒放到都忘記要繼續阻止闕擎了，她樂呵呵的被抱著、被放到門口，等著計程車的到來，沒事就回頭衝著他傻笑，闕擎堅持凝視遠方，並且用餘光扳著她的下巴往外轉，別一直朝他看過來！

「不問地道裡的事？」他低語。

「不問。」她搖搖頭，「我都認得，只是……」

她往兩旁看去，旁邊有保全也有護理師，說話不太方便！所以拿起手機在上頭打著字：『我看見收養你的王家人，還有你的養父王宏達，他還說你是逆子。』

「嗯哼。」闕擎冷笑一聲，「就只有他？」

「十幾個，我覺得全家都在吧！畢竟我在照片裡看過。」厲心棠認眞的回憶，「太黑了，但是……我以爲當初事發是在你家？」

是在王家某個獨棟別墅，而不是在療養院這裡啊！

「他們被困在那個地穴裡了吧，也是離不開的一群。」闕擎喃喃說著，因為他們連地道都出不來，所以他從來不以為意。

那群怨魂只能待在那個半圓形的地穴裡，無法造成任何威脅的。

厲心棠只是噢了聲，接著車子抵達，闕擎親自送她上了車，再三囑咐必須淨化傷口。

接著幾乎是一踏入病院，闕擎便不支得扶牆癱軟。

「闕先生！」護理師們趕忙上前，焦急的扶住他。

闕擎說不出話，胸膛的冰冷擴散瀰漫全身，讓他不住的發抖，他真的不認為雪姬的控制能讓他撐多久……根本不必等冰刺漫延，他遲早會因為失溫而亡吧！

第九章 尋找源頭

老師辦公室裡這兩天相當熱絡，每個人都在談及十年前的那個學生，涂老師悄悄往左手邊看，張老師冷著一張臉在批改作業，往右手邊看，坐在垂直座位的謝老師表情也甚爲嚴肅。

據她所知，校內其實有五位同仁的孩子，都死於十年前的殘殺事件，更多資深老師也經歷過，闕擎的出現倒勾起他們不少回憶。

「涂老師，」吳老師跑了過來，「海報都送來了，下午是不是就先找時間貼上了？」

「送到了嗎？好啊，我想讓學生幫忙！」涂老師高興極了，「順序跟設計圖我都準備好了，叫多一點人比較快。」

「好，然後今天下午我去看樂隊排練，話劇排練一樣就交給妳了！」吳老師偷瞄了張老師一眼，「那個張老師，開場的部分……」

「我會盯的。」張老師頭也不回的說著。

吳老師朝涂老師使了眼色，她放輕動作的跟了出去，他們要先把海報放到儲藏室裡去。

「張老師這幾天都那樣喔？冷冷的，不太說話！」吳老師一出辦公室就忍不住吁了口氣，「我眞佩服妳。」

「沒辦法，我又不能選……唉，就換個角度想想，畢竟她兒子也在那場事故中出事。」涂老師聳了聳肩，看見兩個推車在外頭，與吳老師一人一台，先往儲物室走去。

「我知道那起新聞，但不是自己學校的就沒辦法感同身受吧……但我們就做好自己的事，勸阻霸凌，然後鼓勵學生們有事要說！」吳老師說得輕快，他是很年輕的老師。

涂老師笑看著他，「是啊，我們的目的是這樣，但是其他老師就不一定了。」

吳老師微愣，朝她使了個眼色，他知道！

「我沒在群組裡，但我大概知道，尤其是那個死者受害者家屬群組裡，聽說有人一直在帶風向。」吳老師搖了搖頭，「他們堅定的認爲孩子是被害的，而且始作俑者還沒事。」

涂老師略微詫異，吳老師也知道！「你知道他們最近在提的那個學生嗎？就我們那天去醫院的——」

「老師好。」迎面來的學生道好，打斷了他們的對話。

「好。」兩人異口同聲。

「吳老師，周老師還沒回來嗎？下午他會來指導我們的合唱嗎？」合唱團的團長憂心忡忡，「後天就要表演了耶！」

「呃，還沒啊，但音樂老師不只周老師一個嘛！其他老師看也一樣吧！」吳老師尷尬極了，「我指揮得不好嗎？」

「不是。曲子是周老師寫的，很多事他最懂，我不是說您不好……唉。」團長沮喪的低下頭，「我知道了，謝謝老師。」

兩位老師同時看著團長離開，兩個人再繼續推著推車進入電梯裡。

「周老師還沒消息啊。」涂老師輕聲的開口問。

「還沒啊，很奇怪吧，突然說要出國，然後完全聯絡不上，已經三週了！最酷的是周太太只說抱歉，事情解決了會回去。」吳老師有點哀怨，因爲他也不是音樂專科老師，其他人都不想接，最後丟給他這個爛攤子，「陳主任說可能出事了，但周太太不願意說！」

「是嗎？」涂老師喃喃道，「可是這樣子他的課……」

「妳才知道！就是很麻煩啊！三年級的老師都一團亂，加上周老師是音樂主任，很多事很難cover的！」

說著，他們來到了觀影走廊，決定先把海報箱擱到儲藏室去，一箱箱疊好，裡面還有很多週六要用的東西。

「呼，辛苦了！」吳老師禮貌的說著，「還好有涂老師幫我！」

「說什麼，我們一起的啊！」涂老師擺擺手。

「沒有，這種吃力不討好的都是發給我們新老師做，張老師是召集人也該做點事吧？結果她都不太做，而且我還覺得她偏見很重。」大概見四下無人，吳老師說話越發直接，「就是辛苦妳了，妳明明比我資深……」

「欸，沒什麼資深，我也才來三年而已！」涂老師開玩笑式的半警告著，「可不許說年紀啊！」

「沒！涂老師超年輕的！跟實際年齡不符的！」

涂老師咯咯笑了起來，就年輕孩子愛亂說，可是聽得人開心舒坦！

「不過涂老師還沒轉正嗎？我記得之前有聽說過要變正職的啊！」吳老師皺著眉，「會不會就因為這樣，張老師對妳才頤指氣使？」

涂老師心裡叩登了一下，勉強擠出笑容，「張老師本來就比較嚴厲點，近來好像因為處理這紀念日的事，變得更怪了。」

是啊，連這個年輕的吳老師都已經是正式老師了，她卻遲遲轉不了正。

兩個人閒聊著離開儲藏室，涂老師表示貼海報的事她處理，分工合作，若貼不完，等她下午去看話劇採排時，再由吳老師接手。

只是剛出儲藏室，就看見熟悉的老師急匆匆的跑過去，臉色慘白的像是發生什麼大事。

「小艾！」涂老師趕緊叫住，「怎麼了嗎？妳跑成這樣，學生會亂猜的！」

「啊？」女老師煞住了步伐，緊張兮兮的望著他們，「……出、出事了！」

什麼？兩位老師警戒的趨前，壓低聲音，「怎麼了？需要我們幫忙嗎？」

「不是……不、不是學生！」她上氣不接下氣的說著，「我聽說找到周老師了！」

吳老師愣了一下，「噢，他回國了？」

「什麼啊！他死了！」

第一個死者，終於出現了

穿戴整齊的坐在桌前，全身都被冰凍，而且整間屋子活像是零下五十度般，冰柱冰霜處處，連死者的髮絲都垂掛著厚厚冰條。

鑑識人員裏得像球一樣的在裡頭拍照存證，每一步都得小心翼翼，不小心就會打滑。

「我現在越來越喜歡戴手銬的人了。」程元成看著死者手上結凍的手銬，能清楚的知道死亡時間，「他已經死亡超過三週了。」

「穿這麼整齊，就差條領帶了。」章警官看著屍體，意外的死者神情相當平靜，「這是唯一一具看起來一點都不痛苦的屍體。」

截至目前爲止，每一具屍體都是在痛苦中死亡，不是被自己的體液淹死、就是被體液結成的冰刺穿身體，或是感受著身體逐漸結冰的劇痛，唯獨這一位，眼眸低垂，但神情放鬆。

「沒辦法採證啊，長官！」鑑識人員實在無能爲力，所有東西都罩著一層冰，「要讓冰融掉嗎？」

「那不是更糟？跡證都沒了。」章警官面對這樣的現場也很爲難，「厲心棠？」

所有人，看著在屋內到處轉的女孩，她正盯著書架試圖東翻西找，如果那些書分得開的話。

「叫妳呢！百鬼夜行的丫頭。」程元成再喝了聲。

「啊？你們等一下！人快到了。」她隨口應著。

程元成聞言，直覺又是闕擎，他即刻帶著不悅的走出房子外，準備好好迎接那個小子。

結果等來的是個乾淨空靈的女孩，還有一位略帶憂傷氣質的男子。

「是周老師？確定是周老師？」劉子鈞不可思議的問著，身邊的雪姬點點頭。

「棠棠是這樣說的啊！」雪姬看見前面的封鎖線與警方，頷了首。

「兩位是……」程元成不解的打量著他們，雪姬之前不在店裡，沒有跟日日找碴的程元成碰過面。

「我找厲心棠。」雪姬拎著小提袋，「她忘了帶東西，我幫她送來的。」看著半掩的門，不必瞧清楚她都能感受到這舒適的溫度。

「你呢？哪位？也認識周老師？」程元成可沒錯過他們的對話。

「他是我中學時的音樂老師啊！」劉子鈞有些迷糊，不解的看向雪姬。

今天跟小雪要去吃飯，見面後小雪突然說要先拿東西給那天見到的記者，到了這兒只見樓下一堆警察，她又從容的說：厲心棠在命案現場，死者是古明中學的周老師。

原本是午餐約會，卻突然變成到命案現場來了！

「小雪來了嗎？」聽見說話聲，厲心棠小心翼翼來到門前。程元成留意著不讓門縫開太大，裡頭的現場不宜讓外人瞧見，厲心棠探出一顆頭，朝著雪姬眨眨眼。

「喏。」雪姬把袋子遞給她，程元成從中要攔截，「做什麼！不是給你的。」

「這是命案現場，不是妳們可以隨便放東西進去的。」

「我不會破壞到現場好嗎？再說了，現在你們也沒辦法取證啊！裡面全部都結冰。」厲心棠意有所指的看著雪姬，「我快凍死了。」

雪姬深吸了一口氣，勉強扯了嘴角，「東西送到了，我們要去吃飯囉！」

「謝了。」她轉身拿著東西進去，一轉身就對上章警官的眼。

袋子裡是個深灰色的石子，她謹慎的握在手掌心後打開，程元成也直接走進來盯著她，又在做什麼詭異的事？

「書不在這裡！」她沮喪的做了結論，石子往袋子裡一扔，束口袋束起就往口袋裡放了，「我以爲能找到的啊！」

「到底什麼重要的書？」程元成不耐煩的問著。

厲心棠完全不理睬程元成，逕往章警官那邊去，「這位周老師是古明中學的音樂老師，認眞的查他，仔細查，他是第一個死者的話，應該可以找到起源。」

「什麼起源？」程元成又問。

「其實首先奇怪的地方就是，根本沒人報他失蹤，這是樓下鄰居報的警，因為他覺得太冷，他觀察外頭欄杆都結冰，再加上太多天沒人出入，覺得怪怪的才主動報警。」章警官看著這間簡單典雅的房子，「而這間屋子是租的，租的人名還不是這位周老師。」

「所以這不是周老師的住所囉！那就查他為什麼在這裡？」厲心棠指指屋內，「我剛進去晃一圈，我覺得這裡不像有人長期生活的痕跡，書架上空空的，然後衣櫃也是，廚房的餐具也很少……」

「行，我再跟妳說。」章警官嘆了口氣，「我也想知道，起源是什麼意思？」

厲心棠已經往外頭去了，隨口應了聲，「記得去找他太太！」

三步併作兩步的往外追去，連腳上的鞋套都來不及脫，她哪有那個閒工夫等啊，那個深灰石頭沒有整顆發光，但是邊緣微微的泛出金色，代表那本咒術書曾經在那間屋子待過。

「等等等等！」她及時攔住了雪姬的座駕，「等我一下！」

雪姬降下車窗，不可思議的看著她，現在是連她的約會都要阻止了嗎？

「我會弄的，至少讓我先離開！」她咬著牙暗示。

「我不是找妳啦！嗨，劉子鈞！」厲心棠親切的向男孩打招呼，「你對那個周老師瞭解多少？」

劉子鈞被問得莫名其妙，斷了好長一聲。

「我只給他教一年，老師很風趣，而且非常有魅力，那時很多女生都喜歡他，只是老師早就死會了，沒辦法！」劉子鈞努力的回憶著，「然後他帶的合唱團都有奪冠，還會作詞作曲，音樂造詣很強大！」

「知道他住哪裡嗎？」

「啊？」劉子鈞一怔，「不、不清楚……我沒跟他學琴，所以不知道他住哪兒。」

「好，沒事了。」厲心棠由衷道謝，「小雪，謝謝妳喔！」

雪姬勉強的笑著，他們之間所剩的時間有限，她才不想浪費呢！驅車離開，劉子鈞還回頭望了站在路邊的厲心棠身影。

「就走了？不順便載她一程？」

「棠棠自己有要做的事，需要她會跟我說的。」雪姬敷衍著。

「噢……」劉子鈞回著，但若有所思，「妳們跟警察好像很熟？厲小姐可以在命案現場，妳好像對那種地方也不會害怕？」

握著方向盤的雪姬心裡有點緊張，糟糕，太從容了嗎？

「而且妳為什麼會知道死者是周老師？」劉子鈞想問的是這個。

他們那時都還沒走上樓啊！

雪姬掐得方向盤更緊了些，「棠棠跟我說的，所以才緊急要我送東西去。我是不太怕這種場面的，別忘了我在山裡當嚮導，有時是幫忙……找大體的。」

「喔，喔！對，我差點忘了。」劉子鈞這才想起，小雪是那M山的嚮導啊，「那座山裡長眠的人太多了，聽說找到的機會也不多。」

雪姬有些驕傲的看著前方，「是啊，不容易的。」

她的男人們，誰也不許離開，自然永遠不會找到。

「我會來爬M山，也是為了圓我從小的夢想！妳知道嗎？我大伯很久很久以前，就差點死在那座山裡！」

軋——緊急煞車聲刺耳的響起，巷道裡的孩子嚇得僵在原地。

劉子鈞整個人往前趴去，幸而安全帶繫緊，只用手抵擋住，「哇，好危險！」

孩子們戰戰兢兢的趕緊跑過巷子，但雪姬沒有踩下油門，而是緩緩的轉向了劉子鈞，「你大伯？」

「嗯，我大伯！他以前是的探險登山家，而且還是氣象研究員呢！」劉子鈞滿臉都是驕傲，「他啊，可是我這輩子最尊敬的人了！」

是他！

當厲心棠抵達古明中學時，就發現氛圍不對，不少記者都在外頭，校園直接禁止採訪，她上次的假身分完全失效，還一起被擋在外頭。

接著一輛熟悉的房車轉進校園停車場，警衛攔下後對方開窗只說了幾秒，便放行讓車子進入了。厲心棠張大嘴想衝過去，卻又被擋下，她不會認錯的，那是闕擎的車！

這幾天有空時，她查過關於黑瞳的事了！

她的確有點驚奇，傳說中的「黑瞳少年」居然會是闕擎，而且他怎麼看都是活生生的人！不過這沒什麼好意外的，她曾有個姐姐，也是人類，同時也是某個都市傳說。

但黑瞳少年的都市傳說似乎也只是停留在雙眼全黑、在路邊攔車、或是要求一起玩的恐怖小孩；如果黑瞳少年敲門想要進入，似乎必須獲得邀請方能進入屋主的家中。

但是，她知道闕擎不僅止於此，上次食人鬼在她面前一刀刀自殘的畫面是她見過最清楚也最殘忍的自殘，同一時間在城市的另一端，心理醫生與兩位警察也選擇自殺。

更別說過往他們遭遇到的各種詭異事情，總是會有人選擇自殘而亡，或許，這就是闕擎的「黑瞳」擁有的力量。

她怕嗎？怎麼可能！她沒有絲毫恐懼，相反的還覺得太酷了！黑瞳少年原本只是個都市傳說，現在卻在她身邊、用這力量護她周全多少次！

他的特殊均來自那雙眼睛，既能看見厭惡的魍魎鬼魅，卻也能自保，或許有點類似催眠般，可操控人心嗎？她目前只知道，但凡看見他黑瞳的人，都會以自殘的方式結束生命。

她沒跟闕擎刻意提這件事，因爲只不過區區黑瞳罷了！基本上「百鬼夜行」裡隨便一個妖魔鬼怪，都擁有比這個更強大的能力！

她只是感恩，幸好闕擎是黑瞳，才能任意上那台可怕的如月列車！

五分鐘後，身著長大衣的男人出現，從校內喊她進去！

「你怎麼來了？」她開心的往前，留意著他的氣色。

「來看看這學校在搞什麼鬼！也問問周老師的事，我記得他住C市的。」闕擎臉色自然不太好，領著她往校內走。

「你還好嗎？看上去不好捏！啊爲什麼你可以進來？警衛都沒說什麼？」

「有冰刺在你肺部，任誰都不會太好。」他邊說著，從長大衣口袋裡掏出了那張邀請函。

四四慘案十周年邀請函！是涂老師給的！太好了！

「命案現場在B區近郊，沒有煙火氣，周老師手上沒婚戒，鄰居說常看到進出的是一位女性。」厲心棠即刻說著自己看見的，「連租屋的人都不是周老師的名字。」

「我記得他當年就是個萬人迷，倒不是多帥，就是氣質出眾，溫文儒雅的類型，又很會說話。」闕擎認眞的回憶著，「優點是有教無類，至少對個人都公平。」

看來是闕擎還欣賞的老師。

隨著他們越深入學校，遭受到側目就越多，一旦有資深老師看見他，神情都複雜得難以形容。

「你以前在學校裡是多紅啊？」

「很紅啊，沒被領養前是個怪異的孤兒，被領養後就是個用身體換領養的孤兒。」闕擎說這些話時，口吻平淡得無關緊要，像是在說別人的事。

厲心棠聽了卻很不舒服，「說你用身體換？那包養就好了，幹嘛收養？」

闕擎低頭看著她，忍不住笑了起來，「呵呵，妳倒挺聰明的！」

本來就是啊，如果王宏達眞的喜歡闕擎的身體，那直接包養就好，沒必要正式做領養手續吧！

他們一路到訓導處去，周老師的死已經傳遍校內了，老師們正忙著安撫學生與家長，還得應付記者，一見到他們兩人時，都能聽見無形的哀號聲。

「記者不能入內的啊，厲小姐！」

「她今天不是記者，她陪我來的。」闕擎懶得多話，「周老師有搬過家嗎？之前一直住在C市對吧？」

「周老師？」陳主任錯愕的看向闕擎，「問他做什麼？我不認爲現在談這件事是適合的，你知道他……」

「他死在不是他家的地方，你們有誰知道他是不是有婚外情？」闕擎問得直截了當，回首一一看向男性老師們。

一般而言，男人間都會知道彼此的祕密，並且有義氣的互相掩蓋。

完全不需要任何讀心術或是能力，光看眼神的閃躲厲心棠就知道答案了！她抬頭看向闕擎，點了點頭。

是，周老師有外遇。

「辦四四十周年紀念日又是誰的主意？」闕擎沒有間斷的問了他的目的。

陳主任霎時有點心虛，緊張得冷汗直冒。

「陳主任的兒子也是死者之一對吧？」厲心棠感受到他的心慌，「是您主持的？」

「不……不算是！是有人提起，我們想著這事情總要有個結果吧！不能讓我們的孩子死得不明不白！」陳主任痛苦的說著，「警方那樣的調查結果我們不能接受，而且許多案件細節都不公開，還說要封存檔案！我們要藉由這個紀念活動，把這件事再抬上去。」

「眞相不就是學生們互砍嗎？」法醫證據是這樣說的。

「但爲什麼？孩子好好的不會去做這樣的事！」陳主任突然看著闕擎，「有人說，跟你有關……因爲你的養父一家後來也是自相殘殺——你是不是知道什麼？」

闕擎看著陳主任搖了搖頭，「檔案封存是有理由的，潘朵拉的盒子不該被打開。」

「所以眞的有隱情對吧！」陳主任果然激動的繞出桌子，「告訴我吧，闕擎，我們幾十個受害者家屬這十年眞的過得生不如死啊？」

喲，闕擎嘖嘖兩聲，「受害者？誰是受害者啊？」

他逕自拉過厲心棠，便往外頭走去，門口幾個資深老師緊張的閃開，闕擎毫不在意他們的目光，就往禮堂的方向走去。

「我怎麼覺得有人在故意挑事啊？刻意促成這個十周年紀念日的。」厲心棠越想越不對勁，「你認識那些學生的家長嗎？」

「認識那些同學就已經很不幸了，還要再認識家長嗎？」闕擎失聲而笑，完全沒興致，「妳花點時間感受一下，有沒有什麼強烈的情緒。」

厲心棠明白他說的話，鬆開了手。「我等等去找你。」她得四處繞繞。

兩個人即刻往不同的方向去，厲心棠首先往禮堂去，裡頭吳老師正在帶領合唱團排練，他們後天要唱周老師特地爲十周年紀念譜的曲子，上午周老師的噩耗傳來，合唱團成員們個個悲從中來，唱起歌來感染力特別強大。

這份悲傷，卻牽引起了另一種強大的情緒。

『已經跟家長說過很多次了，都說會管教會管教，但爲什麼孩子到了學校還是這樣霸道？』

『不許抽菸，不許抽菸，每次都說不會再帶，但每次抽查都有你！』

『去年說過升等非我莫屬的，結果都是騙。』

『考一樣的大學，在一樣的城市工作，當一輩子的朋友喔！』

『都第七年了，每年都說明年，我們什麼時候能結婚？』

『老師說過要帶我們參加明年的比賽的，爲什麼食言了？』

『那種誰欺負你就讓對方好看的招式很爛的，我這個人只誅心！』

『一定是那個小子！絕對是他害的，那個有問題、是怪物！我發誓，我會讓他付出代價的——』

咦！在厲心棠緊緊揪著外套，這恨意滿分的情緒，爲什麼似曾相識？

「妳爲什麼會在這裡？」

背後傳來冷峻的聲音，厲心棠嚇得回首，對上的是一臉不悅的張老師。

她一時說不出話來，現在的她只覺得滿腔怒火，還沒辦法抽離。

「要問周老師的事就無可奉告，記者不得入內。」張老師比了外面，「請妳離開。」

「……十周年，我是爲了十周年的事來的。」她勉強的擠出這幾個字。張老師一臉不相信的臉，冷冷瞥了她一眼後便往前走，「我正要去禮堂，做開場彩排。」

呼……厲心棠掐著自己的掌心，趕緊跟上前，腦海裡依舊塞滿剛剛感受到的情緒，在這所學校內，最大的情緒都扣在關於「承諾」的怨懟上。

雪女2號！

「您是這場紀念日的召集人，發起人也是妳嗎？」厲心棠開門見山的問。

「每個父母都想知道眞相，想破了頭，也無法理解爲什麼。」張老師望著遠方，「不認識的孩子們，怎麼可能會自殺殘殺，還用那麼可怕的手段！」

「我想知道是誰提議這件事的？家長群裡有人一直在引導吧？但再如何也沒有他殺的可能不是嗎？我能訪問這位家屬嗎？」

「紀念日那天妳會看到他的，他將會代表致詞，那天我們會開放所有的媒體來！」張老師突然瞥了她一眼，「除非，闕擎有跟妳說些什麼？」

厲心棠乖巧的笑笑，「有啊，他說十年前那天，他被一群學生反鎖在頂樓，那天氣溫驟降，風雪漫天，他差點被活活凍死。」

「他們不知道那天氣溫會驟降！那天白天有二十幾度！我兒子連外套都沒穿

就上學了！」張老師突然激動的旋過身體，「氣候是突然變的，誰也不知道會那樣，並不是刻意想害死他，他犯不著一直揪著這件事不放！」

厲心棠看著激動的張老師，突然意識到，她的兒子是不是就是反鎖闕擎的人之一？

「張老師，重點永遠不在氣溫有沒有降低。」她故作輕鬆的笑著，「而是他們不該反鎖他，那是霸凌。」

「我說過了！只是學生間的玩鬧而已，不要什麼事都無限上綱！」張老師衝著她怒吼，厲心棠敷衍的笑著，現在依舊有許多老師，都把霸凌美化為：同學間的玩鬧。

他們才剛進禮堂而已，這爭吵的音量還是引起了台上的人注意，吳老師回頭朝她們望來，涂老師也在下方準備，朝他示意別理會，讓學生好好練唱比較實在；張老師還想說什麼，視線卻越過厲心棠往後看見走進的人，頓時又收了話。

闕擎從容走入，台上正在練習最後一遍大合唱，要演話劇的學生也陸續進來準備排練，大家很乖巧的保持肅靜，享受著合唱團的美妙歌聲……闕擎不適的蹙眉，這禮堂裡烏煙瘴氣、鬼氣森森，伴隨著歌曲的悠揚與高音，飛動的幕簾上全部都是巴著的孤魂野鬼了。

這是召魂曲吧？哪來這麼令人不快的音樂？

舞台後方那塊殘殺之地更是鼓譟不已，他都可以聽見慘叫聲夾帶在高亢的歌聲中，使他不禁打了一個又一個的寒顫。

終於看著吳老師收手，曲子結束，吳老師稱讚大家唱得很好，週六就這樣進行，放鬆心態一定沒問題的；接著與涂老師交接，話劇學生們自然的上台、搬道具，縱有多起傳說，但學生們如果沒有感應，就影響不了他們。

「唱得不錯，加油。」張老師說著毫無情感的讚美，對著魚貫走出的合唱團學生們。

吳老師也朝張老師頷首打招呼，再看向闕擎微微一笑，闕擎看著他有點遲疑，但什麼都沒說的他就離開了。

「你住院那天，是他代表學校送花來的。」厲心棠這才附耳說道。

「噢，我沒看見他啊，不認得。」他裝睡啊，自然沒瞧見，「為什麼派一個八竿子打不著的人去看我？」

「因為荼。」厲心棠懶得編太多理由，「年輕加荼，又不知道當年的事。」

嗯嗯，合理。就算有什麼都知道的張老師在，她也不可能願意代表慰問吧！要她去醫院探視他，只怕已經要她的命了。

闕擎突然逕自往前，朝著舞台方走去，台上的幾個學生禁不住停下動作，多看了他兩眼；而正在處理音響設備的涂老師正拿著麥克風從舞台後方的音控室走出，一見到上台的闕擎也愣住了。

「闕……先生？」

「借我一下。」闕擎禮貌的說著，直接拿過了她手裡的麥克風，「一二三，都聽得見吧！」

張老師倏而回頭看向厲心棠，才要開口時，禮堂門口匆匆走進了陳主任，「爲什麼他在台上？做什麼！」

「我知道妳使用了咒術，冰封了這個城市也殺了很多人，我不管誰對妳下了承諾或傷了妳，但妳不該牽扯無辜的人。」闕擎直接開口說話，「我也知道妳在這裡，我勸妳現在就停止，避免回不了頭。」

禮堂裡所有的人都皺起了眉，面面相覷，台上那個人是在說什麼啊？

麥克風塞回涂老師手裡，她錯愕的眨著眼，學生們也相互聳肩，沒人聽得懂啊！陳主任上前與張老師低語，他們面色凝重，厲心棠也留意到了陳主任的手機螢幕是開著的，停在錄影狀態啊。

她趁隙環顧四周，赫然在門邊看見了一閃而躲的身影！厲心棠趕緊快步朝沒幾步遠的門口衝去，門口一堆學生緊張的看著她，還有一個疾走而去的背影。這躲得很糟，因爲從衣服跟身高，她知道那是吳老師。

「吳老師剛剛在這裡？」她問著也在偷聽的學生們。

長髮的女學生點點頭，眼神朝旁邊瞄了過去，厲心棠回身，回來是闕擎走出來了。

「走吧，妳剛有感受到什麼嗎？」他扣著她肩膀離開。

「你讓這群女孩子小鹿亂撞的。」她感受到心跳加速的感覺呢……哎哎，肩頭被人重重掐著，「好啦！當然有，忿怒與排斥，滿滿的怨懟背信之人。」

「雪女有偏執狂吧？」闕擎認眞的分析著。

厲心棠仰頭看了他，「那她爲什麼針對你？你有承諾什麼沒兌現嗎？雪女2號目前冰殺的全部都是食言者，一點點小事都殺，你一定有什麼事食言了，所以她才……」

雪女2號要殺的是妳啊。

「按照雪女2號的思維，世界上每個人都該死，有誰能此生都遵守承諾？連個小學生沒考好要求吃冰都能殺了，店裡那個雪姬沒這樣吧？」

「半斤八兩……不對啊！」厲心棠想起了地道裡的事，「你養父家說你背叛了他們，你是不是答應了他們什麼，又沒做到，所以雪女2號才對你動手？」

「哇！還搞追溯既往啊！她乾脆下一場冰刺雨算了，通殺。」闕擎帶著她前往學校的地下停車場。

「她有能力說不定眞的會這樣做，那是因爲她是用咒術化成的半人半……四不像，根本沒辦法跟眞正的妖怪比。」厲心棠腦子裡一團混亂，「欸，你到底騙了你養父什麼？」

闕擎深呼吸，又輕壓了胸口，那冰刺感依舊令他不適，痛苦浮現臉上，再度引起厲心棠的擔心。

「很難受嗎？喝熱茶也沒有用？」

闕擎搖搖頭，催她上車，要是喝熱茶能舒緩些，那些被雪女2號冰封的屍體放暖爐前就能融化了。

「妳眞的什麼都不問耶，那天地道發生那麼大的事，妳也一聲不吭？甚至看見我養父也……」闕擎說不上來的不快。

「呃……我剛剛問了，爲什麼他那麼生氣，認爲你騙他？」厲心棠小心的問，「還有，我記得王家的案子是發生在獨棟別墅裡，過年聚會嘛，但爲什麼他們的亡魂是在療養院的地底下？」

「嗯，對，總算是問了一個關鍵。」但卻不是問跟他切身相關的。

厲心棠只思忖了一會兒，就猜到答案了。

「他們跟惡魔有關係吧，生前一定簽了什麼契約，所以死後亡魂歸惡魔所有，只是惡魔也沒出來，大家就一起被關在那兒。」厲心棠自顧自的說著，邊說還擊了個掌。

闕擎吃驚的看著說得自然流暢的厲心棠，他瞬間明白為什麼她既不好奇也不驚訝，甚至不問多餘的問題──因為她根本什麼都知道。

「妳居然知道……」

「嗯？顯而易見啊！裡面就是個祭壇，連骨刃都有，上面全是咒文！我一開始有被王家的亡魂嚇到，他們真的很凶，超氣你的，但……不該出現在療養院啊！」厲心棠一臉理所當然，「然後我去療養院這麼多趟，都沒感受到他們的存在，他們也進不了主建物，我想應該是被困在那兒了。」

闕擎凝視著她，突然失聲笑了起來。

「我真的覺得妳很厲害。」他突然有種鬆口氣的感覺，「我第一次發現要跟人解釋這種事，竟能毫無壓力。」

厲心棠根本沒聽懂他的壓力，對她來說，這些都是日常知識，是生活中的一部分，她想知道的是——「你養父全家是惡魔的信徒嗎？那他收養你一定有目的。」

闕擎露出難得開心的笑顏，「是，我是他們的劊子手。」

他的黑瞳，能夠催眠使人自殘，他們能綁架、誘拐各種人來，或是私下將這些家人不管不顧的精神患者成為祭品，讓闕擎驅使他們到那個祭壇裡，主動獻出自己的生命。

「因為被獻祭跟自願獻祭是有能力上的差別，也就是上祭的價值。」厲心棠瞭然於胸，「為什麼他們會知道你有這個力量？」

闕擎帶著苦笑，「程元成說的，我身邊滾著無數具屍體啊……」

妳怕嗎？他沒問出口，只是看著厲心棠。

「也對，既然都侍奉惡魔了，察覺這點也不難，再加上你身邊發生的事……所以你到這個國家後，也曾經讓別人自殘嗎？」

「孤苦無依的人很容易被欺負的。」他語氣平淡的回著。

這傢伙臉色沒有一絲變化，到底有沒有聽見他說的話？或是搞清楚他說的是多異於常人的能力啊？

「自保理所當然，叔叔說過，要能活下來才是王道。」她很認真的回應，以表支持，「但你最後……是讓他們全家都——」

「當然，明知道他們在侍奉惡魔，怎麼可能幫他們達成！他們都以未來的榮景、王家產業由我繼承當誘餌，不過我又不是傻子！厲鬼就很難纏了，更何況是惡魔！一旦眞的召喚成功，生命都在別人手裡了。」

更何況那時他就發現到，許多世人眼裡的精神患者，其實都是因爲體內有惡魔，一旦他們自殺，那些惡魔反而會被釋出，這對人類一點也不好；他不是心疼其他人類，只是因爲他這種輕易能被鬼纏上的體質，一點都不想製造自己的麻煩。

「那十年前那四十四個學生……」

「跟我沒關係，我眞的被鎖在頂樓受凍。」

厲心棠緊皺起眉，一副狐疑的模樣瞅著他，闕擎不該會騙她的，瞧他說的這麼斬釘截鐵，可是、可是——

「有話就說。」

「我看到有人拿手機，放出你可能施展黑瞳的特寫！我是沒敢看啦，但接著就是慘叫聲跟血肉橫飛了。」

「什麼!?」闕擎好像第一次知道這件事，「不可能！誰會錄下我出示黑瞳的樣子，誰……」

十年前，禮堂裡的屠殺眞的是因爲他？

「加速我在下一個過年解決王家全家的起因是：那年他們以嶄新設備成立療養院，吸引了一堆患者，暗地裡抓了更多人來，卻幾乎都是體內封有惡魔的患者；結果一個都不殺，反而囚禁在一起，說未來要讓我一次解決。」闕擎闔眼回憶著那段過往，「而我看得出他們又慌又急，我還聽見伯父說過……不能再失敗第二次。」

豪宅裡的低迷，伯父們的爭執與恐懼，連惡鬼都不敢在王家宅邸裡多待一秒，他們討論著曾失敗的計畫，起誓絕不能再失敗第二次，說話的聲音都強烈顫抖。

「不對不對，我漏了什麼……啊！」厲心棠突然激動的推著闕擎，「回『百鬼夜行』！快點回『百鬼夜行』！」

第十章 冰雪陰謀

風聲呼嘯，天氣晴朗，湛藍一片，男人瞠目結舌的看著眼前的白雪皚皚，感受著刺骨的寒風，完全無法接受現實。

眼前是巍然峻嶺，一片冰湖倒映著藍天與白雪，他不敢置信的在原地轉了兩圈：他為什麼在這裡？

他不是跟小雪在車裡嗎？

「小雪？小雪——」

他為什麼會回到M山？

如果劉子鈞再往前走一點，再往冰湖裡多看一眼，就可以看見他心心念念的女人正在冰層之下，被冰冷的湖水圍繞著，卻悠然自得。

他的大伯是那個男人！那個她唯一沒有凍在這座山裡的男人，可能也是繼丈夫之後，她愛上的第一個男人。

「小雪！這是怎麼回事？」劉子鈞在雪山裡喊著，「為什麼……這太扯了……」

他揪緊身上的衣服，這刺骨感表示不是幻覺也不是夢，他真的眨眼間回到了M山。他要慶幸首都一樣的寒冷，他穿了足夠厚的衣服，也戴了手套，至少一時半會兒不至於凍死。

他知道這座冰湖，這附近應該有些營地的……吃力的邁開步伐，該死的他只穿著一般雪靴，不知道能在這裡撐多久！

必須先找到地方躲藏，否則沒有裝備的他，絕對會凍死在這裡……他從頸間抽出哨子，哨上有溫度計與指南針，可以為他指引方向。

「小雪！」他走沒幾步，持續喊著，「小雪妳在哪裡？」

冰湖裡的雪姬載浮載沉，她受不了了，難怪他身上有一樣的血，所以當他一踏入M山時她就知道！然而他比那個男人更糟，他有女友了……跟每個男人一樣，都說要回家處理完，再回來找她。

他們都不會回來的，沒有人會信守承諾，小木屋裡的天真男孩是、他的丈夫是，所有男人都一樣，為了讓他們信守承諾，只要在他們違反前……冰凍他們就好了。

永遠在一起啊，她闔上雙眼，她不知道自己有沒有流淚，因為她的淚與湖水一樣冰冷。

成宗，你有想過這麼一天嗎？你的姪子會代替你，留在這個雪山裡陪我。

永遠。

厲心棠火急火燎的衝進「百鬼夜行」，急到連打開側門時鑰匙都掉了好幾次，正門旁的側門開啓，天花板裡埋的成堆骨骸交頭接耳的傳著話：「棠棠回來囉！」

「雪姬！」厲心棠眞的是滑進來的，「雪姬！小雪！」

衝進大廳，下午時分，夜店空無一人，幾個放空的鬼瞥了她一眼，又繼續放空去。

整個舞池大廳只有長頸鬼，正在擦著入場的金銀雙環，神經質的她，可以把每個手環都擦得晶亮。

「棠棠，」長頸鬼堆滿笑容，舉起了手環，「看，亮晶晶。」

「好好，好棒，雪姬呢？我打她電話沒接！」厲心棠焦急的嚷著，「拉彌亞？」

樓上果然傳來腳步聲，厲心棠心急如焚的衝上前去，一轉角就撞了個滿懷。

「哇喔！這麼急！」拉彌亞抱住了女孩，「別毛毛躁躁啊。」

「拉彌亞！雪姬呢？我有事急著找她！」

拉彌亞雙眸一瞬間變成蛇眼，但立刻就恢復正常，「我不知道，她還在年假中，我們不會去干預她的行蹤。」

「哎呀，同類一定知道彼此的存在，我想問她雪女2號是誰！學生還是老師……我應該要先問的！」她抱怨著自己，「我只是不想讓她爲難……」

「怎麼突然變這麼急？」拉彌亞試圖安撫她，把她拉到吧台邊坐好。

「我發現到很不尋常的事……啊，還有十年前——」她看著拉彌亞，想著該怎麼問他們才會說，「不是干預人界的事喔，我就只是問問，十年前有一天氣溫驟降，凍死很多人，闕擎也差點凍死，記得嗎？」

只見拉彌亞居然笑了起來，「很難忘記，是吧？」

後面的「是吧？」，居然是回頭看向舞台後方，修長婀娜的女人正端著漢堡走下來，一身漢服，一臉的仙氣飄飄。

「雅姐！」厲心棠像看到救星似的，就想跳下吧台，結果被拉彌亞扣住了，「哎唷，拉彌亞！」

「不干預唷，孩子。」雅姐端著漢堡推到她面前，「吃點吧，每次扯到闕擎的事，妳就不吃不喝。」

「我有喝奶茶！」她咕噥著，但拿起漢堡就咬下一大口，「十年前那天突然變得超冷，是不是雪姬做的？」

「對啊，妳忘了？那是雪姬第一次到首都來的日子。」雅姐輕輕撥動著長髮，她最近染成粉紫色，「她恐懼又慌亂，再加上發現自己離開雪山，抓狂得眨眼間冰住首都。」

「我一開始還想跟她好好說話，結果她問我要男人！」拉彌亞咕了一聲，「真的是個戀愛腦。」

「一輩子鎖死在無謂的承諾裡，講了就一定要做到？無視時空背景的變化……」連雅姐都跟著搖頭，「那天是誰先壓制她的？」

「狼人吧！毛厚不怕冰雪，當面揮了雪姬一拳，再來是德古拉，他完全不怕暴風雪。」拉彌亞闔眼回憶，往事歷歷在目，「最後我用蛇尾捲著她到處撞摔，摔得她七葷八素。」

「對啊，也花了我們一番工夫，但那幾個小時就死了很多人了。」雅姐同時泛出笑容，「簡直像昨天的事，我還記得她在大廳哭得淅瀝嘩啦，滿屋子都是冰珠。」

「然後德古拉拿去當冰塊用了。」拉彌亞指向雅姐，兩個女人咯咯笑了起來。

哎呀，厲心棠一臉愁容，現在沒時間說笑啊！

「那雪姬是怎麼來到首都的？我記得都說雪女離不開雪山？」都沒人思考過嗎？

「她是被人帶下山的，據她所說，她原本要把愛人凍成冰雕，結果突然不知道怎麼回事……我是原話說的喔！她覺得一陣暈眩，像頭暈一樣，接著就被關在保溫瓶裡帶下山了。」雅姐邊說邊笑著，「帶她下山的登山者只是想帶雪回來，誰知雪融成水，他打開瓶子後就把水扔了——雪姬就出來了。」

「不過那時才知道，原來保溫瓶也保不住雪。」拉彌亞輕嘆口氣。

厲心棠滿嘴塞滿食物，當年的事她越聽越心寒，這麼多事加在一起，只是讓她毛骨悚然。

「怎麼了？棠棠？」雅姐托著腮，優雅的問著。

「太奇怪了！是誰帶她下來的？雪姬是一個普通登山者就可以輕易把她變成雪、再帶走的嗎？別說她那時正要殺……與男友保持長期關係耶！」厲心棠哎喃了聲，「哪天不放她出來，就選那天，瞬間大地變成零下幾十度、凍死一堆人，同時古明中學還有四十四名學生自相殘殺，然後剛好闕擎還被關在頂樓？」

雅姐的眼神略微遲疑，同一天嗎？

「那四十四名學生是自相殘殺的，應該跟雪姬無關。」拉彌亞做了確認，

「那天雪姬忙著跟我們纏鬥……」

「然後，收養闕擎那個有錢人家是惡魔的信徒，他們是拜惡魔的，殺一堆人獻祭，在療養院地底還有一個祭壇！」厲心棠看向拉彌亞，「拉彌亞，你們都幫忙看顧過那個療養院，沒發現嗎？」

她拿起可樂灌個兩口舒緩一下，一回神，才發現店裡的氣氛變了，拉彌亞人都下了高腳椅了。

「什麼惡魔？我不知道！完全感應不到！」

「是不是？療養院底下有地道，我也走過，我也沒遇過什麼……但昨天有人召喚我，我進去看了是個祭壇……」話沒說完，雅姐就越過吧台扳過她身子。

「妳有怎樣嗎？」

「我沒事，我知道那是惡魔啊，我沒傻！而且闕擎養父全家的怨魂，全部都鎖在那邊，我覺得一定是他們跟惡魔簽約，死後就綁在那邊對不對？」厲心棠自信的問著雅姐，「叔叔教過我的！」

雅姐臉色變得嚴肅，點了點頭，「對，沒……拉彌亞，連我都沒感應到那間療養底下有祭壇，表示惡魔在沉睡嗎？」

「也有可能是自我封印，怕被發現，或是……沒覺醒！」厲心棠把最後一口漢堡塞進去，「就是——很多事看起來是不相關，但我就是覺得太過巧合了。」

她轉動椅子，把吧台上的東西拿來擺。

「這是古明中學的血案，四十四名學生自相殘殺，卻發生在雪姬第一次被放出來，冰封大地的那天。」她拿可樂杯當後山，「隔一座後山就是療養院，地底有祭壇，那年王家曾失敗了某件事，導致他們緊張又沮喪，拼命收集祭品卻不殺，要等時機到了一起殺——然後闕擊先下手爲強，讓他們自殺了。」

噢，她有點緊張的看向拉彌亞跟雅姐，她好像還沒說出闕擊是誰……但她們現在都沒反應，就不說了。

「萬一如果王家認爲的失敗，就是那四十四個學生呢？會不會本來要獻祭給惡魔的？結果不知道被什麼阻止，所以才要補貨，偏偏在成功前全家就被闕擊解決了，所以整個惡魔祭壇就封在療養院底部？」厲心棠試圖解釋她的腦補，「可是、我要說的是現在——雪女2號出現了，首都跟當年一樣冰冷，可能某人某處也正在收集祭品，總之地道跟祭壇所在之地再度結冰……然後現在還有人能出聲叫我了？」

一屋子靜謐，拉彌亞或是雅姐都眉頭深鎖，唯有後面那個擦手環的沉浸在自己的世界中。

厲心棠被這氣氛梗著說不出話來，她一直覺得那本咒術書的現世有問題，絕對是有惡魔刻意爲之，反正人類欲望無窮，之前找一個被家人吸血一生的人，誘惑她成爲食人鬼。

這次只要再找個戀愛腦的偏執狂，一旦被背叛，輕易能策反成爲雪女。

雪女2號的存在，復刻了當年的……厲心棠突然一怔，她是不是漏了什麼!?

「筆！紙筆——」她焦急的找紙筆，雅姐手一揮，紙筆立刻出現。

厲心棠趕緊認眞的回憶，那個刻在牆壁上的文字——一筆一筆的認眞寫下。她惡魔文學得不夠認眞，很多字容易錯，但她是看得懂的！

「這個——」她舉起了紙，「那個祭壇是這個惡魔！」

與厲心棠分道揚鑣後，闕擎驅車回到療養院，啓動了緊急章程，今天誰都不許離開房間，不能去外面玩、也不能到大廳，需要所有醫護人員出動，把每位患者都關在房間裡。

最重要的五樓，這裡關了許多精神分裂、甚至是殺人狂的精神病患者，體內全都封著惡魔。

「出事了嗎？」

才一出電梯，盲人護理師就已經站在電梯門口等他了，「我感覺到了。」

「他們很興奮嗎？」闕擎看著眼前長廊，這裡是最棘手的地方。

「不，相反，他們很害怕。」盲人護理師笑著，「他們這兩天非常乖巧，還跟我談條件，說願意助我們一臂之力。」

「惡魔的話不能聽……」闕擎餘音未落，走廊上傳來叫囂聲，來自兩邊的病房。

「你得聽我的！不能讓那些惡魔問世！得扼殺他們！」

「把祭壇毀掉！阻止現身！」

「笑死了，祭壇就是個形式而已，眞正的獻祭沒有這麼多條條框框！要就先殺掉那些惡魔！」

闕擎擰著眉聽著激動的言語，隨手拿著東西朝就近的鐵門上敲，「閉嘴——話這麼多，我一個人類要怎麼殺掉那些惡魔！」

「燒掉他們！封印他們！拿惡魔之劍啊！」

「你怎麼這麼沒用！爲什麼我會被你這種人類困在這裡！」

唉，闕擎無奈的轉向護理師，「抱歉，麻煩你了，每扇門都封死，然後封死走廊，最後——」

他一掌搭在男人肩上，護理師旋即舉起手在肩上的手背上拍拍，「我知道，我會躲好的。」

闕擎因爲心急，胸膛內的冰晶又微疼，逼自己緩和情緒後，重新坐電梯來到地下一樓的地道。這裡已經就是他覺得最噁心的地方。

那時每次聽著患者恐懼的哭喊乞求，那些收養他的親人卻帶著殘虐的笑容，要他走進地穴裡，讓那些祭品們自殘。

那時的他，只知道看見他漆黑雙眸的人會慘叫、恐懼的開始自殘，並無法決定他們的自殘方式，事實上他也不知道他們能看見什麼！只是從他們的表情看來，是看見了非常可怕的東西。

看似拿起武器反擊，但每一刀都是砍在自己身上。

所有王家人都會觀賞著祭品們自殘至死，鮮血澆滿祭壇，全部的人會歡愉且恭敬的行禮，然後他就是個好孩子，養父總是會緊緊握著他的手，告訴他王家的帝國指日可待。

所以在他青少年時期的印象裡，地道就是充滿腐爛氣味的地方。

他手裡拎著所有從唐家姐弟那兒買來的東西，他們有許多物品都不一般，但因爲帶有邪氣，也能抵擋那些惡鬼的糾纏。

他打開地穴的燈，這裡面是滿滿的怨魂，正忿恨的瞪著他。

『逆子！你這個忘恩負義的怪物！』

『我要把你撕碎了！』

養父與伯父們猙獰的衝來，但根本不敵他手裡正拿著一堆法器啊。看著他們眨眼被切成數段，他連說聲好久不見都來不及。

「唉，這麼一堆東西，我還眞不知道怎麼用。」他看著袋子裡的東西，有哪樣可以終結掉這被豢養的惡魔？

炸掉祭壇？還是毀掉這洞穴？不行，上方是療養院啊！養父也眞狠，一開始在這祭壇上建立療養院，就是有意爲之，因爲能有源源不絕的祭品。

獻祭不限於祭壇，沒那麼多條條框框？樓上某個患者的話突然引起他的注意，相連的邪氣，突然間增多的孤魂野鬼們，幾乎附近所有的邪氣都集中在這兒了！

紀念會！他突然跳了起來！

「當年那四十四個學生，就是祭品嗎？」他驀地瞪向眼前曾經的家人們，

「只有你們能錄到我的黑瞳！是你們刻意拿去讓學生們自相殘殺的！」

『他們欺負你啊，我的逆子。』王宏達瘋狂的笑了起來，『你該讓他們知道，欺負你會是什麼下場的……』

雪女2號、冰封大地、紀念會、召魂曲——這些都是相連的，該不會正式相隔十年的第二場祭典？

「別開玩笑了！」他緊握雙拳，已經做了最壞打算，如果真的把療養院燒了……他竟忍不住開始發抖，仰頭看著上方這六層樓的患者。

他來不及安置他們的。

紀念日即將開始，如果把祭壇毀了就能阻止一切，放出上頭幾十個小惡魔或許也不算什麼，那幾十個邪惡惡魔，也比不上人類對吧？

「我希望你不是在思考一件很蠢的事。」

身後突然傳來不可能在這裡的聲音，闕擎直覺的抓起短刀備戰，牆後的密道那頭走來的是一頭短髮的女人。

她身後是一位相當爾雅的男性，戴著眼鏡，吃驚的環顧四周，「這裡好認真喔，還設祭壇耶！嘖哦，這死忠粉了！」

「你們……妳……」闕擎一時亂得說不出話，「唐大姐？妳沒事吧？我聽說妳受傷了。」

一頭長髮已經消失，現在頂著極短髮，人也比之前消瘦許多。

「想我嗎？」唐恩羽依舊帶著不羈的笑容，「我沒事，人在江湖走，哪有不挨刀的……就是心情不太爽而已。」

她望著地穴，神情略微嚴肅，回頭看向老弟。

「都卡一半的，看來之前差一點點就自由了，現在就差臨門一腳。」男子扶扶眼鏡，「要是火燒或是炸毀就有效的話，還能叫惡魔嗎？這手段連厲鬼都解決不了。」

闞擎心頭一緊，又是刺痛，「所以？等等，你們從哪裡進來的？」

「喔，前頭有扇鐵門，我把鎖弄斷了，你太認眞所以沒聽見吧！」唐恩羽邊說邊拿出懷間的小刀，開始在壁上隨意刻著。

闞擎嘖了一聲，知道地道的沒幾個人——「厲心棠！」

她這才尷尬的從密道裡冒出頭，還搖搖手：「嗨。」

「我沒辦法啊，而且是唐大姐剛好問我食人鬼跟書的事，我就跟她說了這裡不是我們力所能及的！」厲心棠趕緊拉過他，「等等紀念日就要開始了，我們要去阻止雪女2號。」

「……參加的人可能是祭品，但我不知道雪女2號針對誰。」闕擎倏地拉住了她，「我不能去，我必須待在這裡，療養院是我的責任。」

「喔喔，很遺憾喔，這裡都是惡靈與惡魔，得跟我買法器才能避免騷擾的人，應該是幫不了什麼忙吧！」唐恩羽一點臉也沒留。

「但是我——不能影響到上面的患者！他們一個都不能受傷！」

「不會的，拉彌亞他們都來了，他們會護住所有人的！」厲心棠趕忙說著，「就連院子裡的兔兔也會沒事的。」

什麼!?闕擎驚訝的看向她，「百鬼夜行」的人都來了……這、這……

「我沒……我沒有要造成他們麻煩的意思……」

厲心棠咬了咬唇，突然踮起腳尖，捧住了闕擎的臉。

「當你一個人做不到時，就依賴我們吧！」她一雙眼睛閃閃發亮，「人會依賴人是正常的，這沒有不對，以前你沒有人可以依賴，但現在有我們了喔！」

闕擎睜大了雙眼，聽著他這輩子沒聽過的詞：依賴？

從出生開始，他便沒有人可以依賴的。

雙頰上的溫暖無法融化雪女2號留在胸膛裡的冰刺，但是卻已經融化了他深藏在心底深處的……另一塊冰。

「快走吧，沒注意到越來越冷了嗎？」唐玄霖看著牆上結霜，「儀式隨時能開始。」

走！厲心棠拉著他的手就往外跑，他們坐上電梯到一樓，得開車前往古明中學；而唐家姐弟則反方向走出地道口，在連結後山的側門邊準備一場惡戰。

「這次別死了，老姐。」唐玄霖在後面唸叨著。

「少在那邊烏鴉嘴。」

抵達一樓後，闕擎手動將電梯的權限鎖死，誰都不能進出，護理長蘇珊已站在外頭報告一切處理完畢，闕擎讓她快點躲好。

「必要時，眞的必要時，讓女士唱歌。」闕擎最後的交代，「並且播放我給妳的音樂。」

「我知道。」蘇珊肯定的說著，她的根據地，在一間小小的播音室裡。

患者中有位歌唱家，她唱出的歌可以淨化心靈與靈魂，如果唱特別的鎮魂曲，更是能夠秒殺亡靈，只是會損耗她的生命；另外準備的是闕擎也向唐家姐弟買過一種類聖樂的東西，像是是不同宗教的結合物，能夠有效的傷害鬼魂。

準備妥當，闕擎與厲心棠離開了主建物，前腳剛走，一樓外的鐵門也降了下來，厲心棠回眸看著，這棟原本古典的建築，現在卻成了銅牆鐵壁，建築物本體早有加設機關，鐵皮能將整棟建物罩住。

「只要把雪女2號解決掉就好了。」她上車後緊握的雙拳不停發抖，「沒有冰雪，什麼都成立不了。」

「什麼!?我以為是阻止紀念日的進行……昨天那首曲子也大有問題。」

「不，不是……你知道你養父召喚的是什麼惡魔嗎？」厲心棠皺起眉，「十年前那天的驟降溫，跟這次雪女2號的現身，全部都是刻意的，為的就是冰雪首都。」

「我跟惡魔不熟……嗯，我跟鬼也不熟。」一點都不想熟啊。

「是。」厲心棠扳起了手指，「召喚三要素：鮮血、生命，與冰雪！」

今天是週六，僅有受邀者能夠出席，學校管控得甚為嚴格，但憑著邀請函，闕擎他們再度光明正大的進入了古明中學，車子隨意停妥後他們就趕緊下車，朝著禮堂的方向奔去。

「咦……不太、不太對啊……」厲心棠心慌的抓住闕擎的手，顫了一下身子，手上都冒起雞皮疙瘩。

厲心棠的感覺沒錯，因爲整個古明中學現在氛圍詭異，陰氣森森，附近一堆遊魂全部都聚了過來彷彿被什麼吸引；闕擎緊緊牽著她的手，視若無睹的往前走，只要假裝沒看見就好了。

果不其然，靠近禮堂時，他們聽見了悠揚的歌聲，厲心棠下意識看了時間，紀念日活動才剛開始！

「一開場就唱歌嗎？」闕擎低咒著，也跟著打了個哆嗦，這首歌眞的聽了就不舒服！

「好強烈的情緒，滿滿的忿怒。」厲心棠也皺起眉，該是美妙的歌聲，爲什麼現在她只感受到強烈的怒火！

「這首歌本身就有問題，妳……妳自己情緒把控住。」闕擎用力握了握她的手，「要進去了。」

厲心棠深吸了一口氣，堅定的看著他，「好喔！」

他們推開門，自東南角進入，站在門附近的老師轉頭看了過來，一見到闕擎臉色不變；闕擎自在的揚了揚手裡的邀請函，他可是名正言順的被邀請者喔！

老師們交頭接耳，聽不見也能猜出來：誰邀他來的？

闕擎朝他們頷首，禮堂很大、座位甚多，後方自然是沒坐滿的，他們倆就近找個位子就先坐下了；台上的合唱團正引吭高歌，厲心棠的寒顫一波接一波，悲傷與痛苦的情緒跟著加疊，而且都沒人注意到……學生後方整片的紅帘布都在飄動嗎？

闕擎望著舞台上的學生們，後頭那整片的紅色幕簾上現在正萬頭攢動，許多張臉像拓印般的爭先恐後，想要自後方掙扎而出。

這就是首召魂曲，附近的各類亡魂都被吸引來了，更何況被困在後方的那四十四個亡者，他們都激動的想要離開啊！

終於，吳老師在空中比了個收的手勢，歌曲結束，可是陰氣未曾消散，四十四顆頭仍在爭先恐後的試圖逃離；飄動的紅布幕上都是因爲他們在掙扎，闕擎看著魚貫走下的學生們，始終羨慕看不見的人。

張老師是主持人，面對台下的她，當然早看見不速之客，心神些許不寧，但還是拿起手中的稿子，請「受害者家長會長」致詞，爲無辜死亡的孩子們，揭開慘案十周年紀念日的序幕。

高大的身影從正中間的位子站起，闕擎對那身影再熟悉不過了，果然是他。

厲心棠瞠目結舌的拉了拉闕擎，「程元成的孩子也在那四十四個裡面？」

「我不知道。」他也是現在才明白，他的恨意由何而來，「畢竟不關我的事啊。」

或許同僚的失蹤與死亡也是個理由，但是程元成對闕擎窮追不捨的主因是因爲他的孩子也死在當年的案子裡！

喔喔，所以他才會說，正因爲是他這種人，才會對闕擎緊咬不放！

「我們都因爲我們無辜可憐的孩子，才聚集在這裡，十年前我們不懂他們爲何死亡，十年後的今天依然不解，即使我身爲警察，我也無法告訴大家眞相。」程元成站在舞台中央，認眞的看著大家，「我們都知道，自己的孩子不可能無緣無故自殺，也不會去殺害別人，這中間有人掩蓋了眞相，卻不讓我們知道。」

連特殊警察都不能知道的事，程元成還期待什麼？

「但我好歹還是警察，我努力了十年，我跟著嫌疑犯十年——他的養父全家、他所接觸的人們、甚至我的同僚們——沒有一個倖存！他的身邊依舊始終滾滿了屍體，但卻始終沒有證據。」

「不……他殺人的話，爲什麼沒有證據？」

「你們警察到底在做什麼？」

台下的家長們群情激憤，叫嚷著到底是誰？他們的孩子到底是怎麼死的？閃光燈此起彼落，看來校方也找了不少記者前來，就是打算把這件事擴大。
「我今天就是要來公布這件事，我希望可以看到當年的文件，我也希望可以知道眞相。」程元成看向了張老師，她頷首後，再看向台下的涂老師。
涂老師立刻傳訊息給後方，緊接著舞台上的白色投影布幕降下，遮住了後面那四十四個嚎叫模樣的人頭，順眼很多。
「我想請大家先放下既有的思想，用更開擴的想法去看待這件事，世界上有些事，不是用科學跟邏輯能解釋的。」程元成退到了一旁，來到張老師身邊，「我收集了這十年來的各種證據，我在群組裡也提過，有時不必親自動手就能殺人的。」
「那是什麼？」
「他沒親自動手的話，能將他繩之以法嗎？可以算教唆殺人嗎？」
「我認爲是一種催眠，在他被反鎖在頂樓前，就已經開始實施了。」程元成低語，「請開始播放影片。」
涂老師將前頭的燈光關閉，同時投影機開始運作，影片播出的是當年的新聞報導，現場的新聞畫面、封鎖線，甚至有這個禮堂、警方抬出一具具屍體的影像。

哭聲遂起，許多家長看到當年的一幕心痛如絞，連台上的張老師也都緊緊握著雙拳。

同時，這悲傷感染了那死亡的亡靈，他們個個張大了嘴，像是在哭喊著，應和著父母的悲悽。

啊！厲心棠突然緊繃起身子，因爲畫面切到了警方在頂樓破門的畫面，他們打開了頂樓的門，衝進頂樓，畫面裡的頂樓被白雪覆蓋，記者扛著攝影機衝進去，立刻被攔下。

「不要拍！出去！」

「等等，我們……」記者刻意抬高攝影機，硬撐著能拍多少是多少。

鏡頭搖晃亂轉，但還是拍到了蜷縮在地上一角的學生，「那邊有人！」

厲心棠的手放上了闕擎擱在腿上的手，象徵一種：我在。

呼……闕擎舒了口氣，當年那個冷啊，寒冰刺骨，他是眞的以爲自己死定了！而且都快死了，以前跳樓而死的學長姐還纏著他，還有人想抓交替的拖他也跳樓，腳都凍到沒知覺了怎麼跳啊！

記者被趕出頂樓外，失去了畫面，畫面一黑，接著畫面跳到了……昏黃的小房間裡。

咦?程元成一愣,他的影片裡有這個場景嗎?

房間裡擠滿了學生,有人還擋住了鏡頭,過一會兒又移動開來,下一秒飛濺的鮮血噴上鏡頭,看得觀眾跟學生們失聲尖叫。

「那什麼……」台下的學生們開始慌了。

「那是血吧!」

是血。厲心棠瞪圓了眼,喔喔喔喔,她看過這場景!

正是十年前,那四十四名學生互相殺戮的眞實景況!

第十一章 代價

螢幕裡正播放著十年前反鎖的後台空間中發生的大屠殺！學生們或暴打對方、或張嘴咬頸子，或是拿著斷裂的桌椅拼命砸人，任何東西都能是凶器，鮮血飛濺，噴得鏡頭模糊不清！

「是十年前的現場！」厲心棠即刻轉身看向闕擎，「我那天被關在裡面時，就是看見這些重演！」

「妳錄的嗎？」闕擎整個人都傻了。

「我？能錄亡魂重現嗎？這錄不下來的啊，又不是現場直播……現場？」等等？他們瞬間驚愕，同時再看向大螢幕——這是當年事發時的實時錄影！

有人錄下來了！

台下的家屬們目瞪口呆，但他們有人已經認出畫面裡是自己的孩子，即使不是高清影像，但自己的孩子怎麼會認不清！

「哇呀——哇！」畫面之血腥殘忍，來賓、記者或是參加的學生們嚇得魂飛魄散，尖叫聲此起彼落，他們掩著雙眼，根本不敢看這些！

張老師完全呆在台上，她剛看見她的兒子拿著椅腳拼命的砸破另一個人的頭，同時卻又被另一個同學刺傷。陳主任驚恐的站起身，他孩子呢？他孩子在哪裡？

「這是怎麼回事？」其他非相關的老師大喊著，「不要看！冷靜點！」

「關掉！」程元成大聲喝斥著，「把畫面切掉！」

這不是他的影片，但定神一想，當年有人在現場錄影嗎？錄影機在現場卻沒有警方發現？

「涂老師！」有人吆喝了她。

「我叫了！他沒理我——吳老師！」涂老師說著抱歉，奔上階梯，推開發呆的張老師，朝著簾幕旁的控制室去，「吳老師！你在做什麼！」

衝進控制室時，只見吳老師就站在設備旁，平靜得無以復加。

「再三十秒。」

「三……三十秒……」涂老師愣了住，「吳老師？」

「我答應過他的，誰敢欺負他，我一定會報復。」吳老師微笑著，「誅心才有意思嘛。」

他甚至調大了音量。

影像裡瘋狂的殺戮與慘叫聲悽慘無比，讓那些原本悲痛欲絕的父母們，再一次親眼看著自己的孩子殺人、被殺、再自殺、直到死亡的過程。

「啊啊啊啊——」

在螢幕裡的聲音停止後，鏡頭前只剩下一片紅濛，但取而代之的是現場絕望哭喊的父母們，連程元成都僵硬得挪不開腳。

「爲……爲什麼會有這個？爲什麼會這樣！」張老師腿軟得跌坐在地，痛哭失聲。

記者們完全沒離開，大家抓緊各種角度，這邊拍著學生驚恐照、那兒拍家長悲痛特寫，還不能忘掉台上的畫面，都快要做連線報導了，這大新聞啊！

「你們在做什麼啊！吳老師？涂老師？」其他老師慌張的在台下喊著。

負責音量與媒體播放的是吳老師，陳主任激動的一骨碌跳上台，直接往控制室衝，「吳翔新！」

吳翔新？闕擎立刻站了起來！

沒等陳主任衝進去，吳老師就走了出來，他依舊是那樣親切可人的笑著，對著陳主任頷首，然後再朝著程元成、張老師說著不好意思。

瞥了眼台下崩潰痛心的家屬們，他泛出了滿意的笑容。

「吳老師……不是……你是誰？」涂老師戰戰兢兢的跟了出來，這個年輕老師，他不該跟十年前的事有關。

就算他是學生之一，那四十四名學生如果是他的朋友，也不該會做這種事啊！這已經跟家屬站對立面了！

「吳老師！你這是哪裡來的？你爲什麼這樣做——」陳主任激動的吼著，淚流滿面。

吳老師什麼都沒說，依舊客客氣氣的走下台，今天他的模樣跟之前的不同，他把頭髮都梳上去了，換上木質眼鏡，厲心棠突然覺得氣質都不一樣，而且她在哪裡見過啊……

穿過驚恐的學生們，吳老師筆直的朝闕擎走來，厲心棠還沒拉住他，闕擎已經主動迎上前去。

「阿慶？」他幾乎是小跑步來到吳翔新面前的。

「好久不見，你看起來過得不錯。」吳翔新真誠的笑著，「我真沒想到能再見到你！」

領養前或領養後，他都不喜歡跟學校裡的人打交道，地縛靈太多，上課時連從抽屜拿課本都可能摸出一顆腐爛的頭顱，每個樓梯的轉角都會出現自殺的學長姐們，同學的側目比那些鬼更令人不快，畢竟遇到鬼可以裝瞎，但霸凌卻是活生生的。

唯一主動找他的，就是吳育慶。

吳育慶也沒說什麼，就只是到各個角落，靜靜的陪他吃飯，然後永遠都有多的飯糰、多的便當跟多的點心；他被領養後，吳始終如一，偶爾他會說說自己的事，他們從無話到講個三五句。

先離開的是吳育慶，他有先天性的心臟病，決定出國就醫，八年級學期中，也就是四四慘案前一個月休學；臨走前告訴他，萬一手術成功，他就要改名叫吳翔新，象徵重生。

「我早就想跟你說，誰敢欺負你，我一定要他此生後悔……但我這個身體，放這種狠話太白痴了。」

闞擎厚重前髮下的雙眼，卻帶著隱藏的喜悅。

「我自己能處理的，我沒事……倒是你，好好把病養好，恢復健康。」

「其實誅心比殺人有用多了，能讓人心理崩潰的事，比用拳頭更有效……我沒辦法保護你啦，但我可以幫你出口氣。」

「別了，你還是顧好自己吧。」

吳育慶笑笑，那是他們最後一次見面，然後他坐著的椅子邊，留下了紀念物。

一枚銀戒。

「你……」闞擎狐疑不已，但眼裡是又驚又喜，「這是爲了我嗎？」

「我答應過你的，只是慢了十年，抱歉。」吳老師拍了拍他的上臂，「你知道的，我做事都是很有計畫的。」

闞擎若有所思的微瞇起眼，看著現場一片混亂，撕心裂肺的哭聲，最後欣慰的笑了起來。

「我懂，謝謝你。」

他舉起右手，吳老師與之碰拳，兩個人再也無話，吳老師逕自從角落的門從容不迫的走了出去。

厲心棠回頭看著這情景，完全不知道發生什麼事了啊！

「他是雪女2號嗎？」她追上前拉住闞擎，「是朋友的話勸一下啊！」

「啊？我倒沒想到……他會是周老師的情人嗎？」闞擎錯愕的搖搖頭，「我覺得他應該不會……」

「離開！立刻離開！」有人奪過了張老師的麥克風大喊著，「不要推，大家有秩序的快點離開這裡！」

幾個老師趕緊分散到四個門，紛紛把門推開，讓嚇得魂飛魄散的學生們盡速逃離，所以學生們爭先恐後的奔跑，闞擎緊護著厲心棠往座位裡去，省得擋路被學生們撞倒。

但是，當學生們要奪門而出時——劈啪！

冰面極速從牆壁漫延，瞬間在四個門口都結成了冰牆，一切發生在眨眼間，四個出口全部都被凍住了！

「呀！」

又是刺耳的尖叫聲，這可把學生們嚇得不輕啊！厲心棠再度覺得心慌，恨意又疊加上來了。

「那個你同學，你處理喔！」厲心棠一邊說，一邊看著冰面開始往天花板擴散，「這是要把禮堂變冰箱嗎？」

「我不認爲他會在外面進行這件事，他要做，就會在禮堂做，親眼看著吧。」闕擎開始感受到寒冷了，「雪女2號另有其人，我同學只是幫我報點仇而已。」

師生們亂成一片，學生們或哭或鬧，也有人想趕緊報警，但電話根本打不出去，低溫更是使電子設備失效……冰晶終於漫延到暖氣與中央空調，忽地火星四射，又是一陣恐慌。

暖氣停止運轉了。

「闕擎——」程元成看見了他，「你想做什麼？」

他這一喊，所有家長既驚恐又忿恨的看向了闕擎——他們知道，他們當然知道這個闕擎！

當年一開始四十四個學生的共同點，就是他們都有欺負闕擎！甚至有十幾個人才剛把他鎖在頂樓！

闕擎回身，很是無奈，「別什麼事都扯我，我要是有這種能力就好了。」

「這是什麼啊，太扯了！外面可能凍成這樣嗎？」體育老師拿著滅火器開始砸門了。

鏗鏘聲很響，但冰門紋絲不動。

「我說過，不能用常理判斷，我們的孩子是不是你殺的？」程元成衝下了台，「你有能力對吧，那種異於常人的能力，用那種能力殺了我們的孩子！」

闕擎已經走到了程元成面前，他咬牙瞪著，再補了一句，「還有我下屬。」

「程警官，證據。」闕擎還是那樣的冷漠，挑釁般的笑容未減。

「你——」程元成粗暴的直接揪起闕擎的衣領，一旁的老師們激動的上前阻止，可卻被其他家長擠開。

家長們竟蜂湧而至，扯著闕擎要他償命來！

闕擎毫不客氣的突然反手掙開程元成，輕鬆破解他揪著衣領的手，甚至將他向後推向了家長們。

一眾家長被撞倒成一團，如果是打保齡球，可以算是Strike。

「我犯得著把自己凍死在這裡嗎？」闕擎環顧四周，就在剛剛這幾秒鐘，禮堂已經全部變成一個大冰箱了。

學生們瑟瑟發抖，他們慌亂的趕緊回座位上去撿外套穿，幸好今天是假日，直接在禮堂集合，所以大家的衣物都在身上；倒成一片的家長們掙扎著要起來，但一個站起就又立刻滑倒，這時他們才發現，連地板都結冰了。

有這麼冷嗎？氣溫奏降……

「這跟十年前一樣……」張老師發著抖喃喃說著。

才不一樣！十年前是全首都寒冷，現在是針對這個禮堂好嗎！厲心棠二話不說衝上舞台，涂老師正在試圖看麥克風能不能運作，厲心棠問她要時，她搖了搖頭。

「結冰了，線路可能壞了。」她遞出麥克風時，麥克風上都是霜。

「哎！」厲心棠今天可是有備而來，她戴著手套敲著麥克風，沒用，「聽著——聽我這裡——」

她舉起麥克風，直接往舞台上敲——咚、咚鐙——

一屋子人終於靜了下來。

「不值得的！周老師不值得妳這樣付出，更不值得妳變成雪女！那本咒術書能給妳力量，但妳要付出代價的，之前在國內濫殺的食人鬼就是個例子！她不但慘死，連靈魂都會被摧毀！」厲心棠突然衝著所有人大喊。

這莫名其妙的言論，只是讓在場師生一陣錯愕：周老師？合唱團的學生們更是無法理解，那個女生提周老師是什麼意思？還扯到雪女？而且食人鬼不是前些日子的連續殺人狂嗎？

「而且如果妳認爲周老師是背信者該殺，那妳更是大錯特錯——他還有小四，是個大學畢業，年輕貌美的學生！他已經答應要離婚娶她，婚戒都買了，他可守承諾了，只是——不守妳的而已！」

哇！闕擎立刻踩上椅子，回頭對著就近的學生們勾勾手指，快點學他啊，現在踩在平地上有點風險喔。

有些學生反應快，趕緊奔回座位區踩上椅子，而闕擎踩著椅子來到程元成面前，朝他伸出手。

「地上涼，程警官。」他的神情過於正經，程元成警覺到危險，沒有爭面子的伸手抓住他，由他拉站起身，趕緊的踩上了椅子。

他還有別人？恨之入骨的心緒直襲而來，厲心棠趕緊後退，想找個地方躲躲了！

「啊啊啊——」尖叫聲如雷貫耳，「他還有別人？我跟了他七年，他說要娶的是我，他竟然還有別人！」

原本已結薄冰的冰層倏而加厚，並且從地板突出了巨大的冰片，三角冰片寬有五十公分，厚達十五公分，以尖銳的三角冰片唰唰唰地如「雨後春筍」般竄出，來不及閃躲的人們，當場就被冰片貫穿了身體！

「啊呀——」看著同學被刺穿的掛在冰片上，有些學生甚至當場暈了過去。站在椅子上的人也不一定倖免，尖刺要掀翻椅子輕而易舉，反應慢的也會摔得淒慘。僅僅數秒，禮堂裡哀鴻遍野，鮮血處處，齊齊由北向南的尖刺錯落，多名師生當場殞命。

厲心棠相安無事，她眞的是連跑都不必跑，因爲最危險的地方就是最安全的地方……舞台上完全沒有任何危機，因爲冰層是從涂老師的腳下冒出來的。

「雪女2號，」厲心棠看著緊閉雙眼還一臉痛苦的涂老師，「妳是周老師的情人嗎？」

跌在另一頭階梯上的張老師踉蹌的爬起，不可思議的看著涂老師，「涂惟潔？妳是老周的小三？」

她不是傻子，老師間的八卦偶而聽過一些，陳主任他們的確都知道周老師看起來是個好好丈夫，其實在外面眞的有女人，只是——居然會是校內的老師！

而且，涂老師是三年前才來的啊！

涂惟潔緩緩睜眼，她的臉在瞬間轉爲死白，抬起頭的瞬間，連睫毛都化成了白色，眞的是雪女姿態了。

台下一片混亂，老師們集合倖存的學生試圖保護，但他們自己都搞不清楚情況，陳主任才從地上爬起，他正是剛被掀翻的人之一，只是看了涂惟潔一眼，就急著轉身幫忙其他家長。

剛跌在地上的家長有幾個成了串燒，其他人正歇斯底里的尖叫著。

老周的小三是涂老師？這窩邊草吃得太誇張了，重點是，沒有人知道啊！

「我等了他七年，勾勒著無限的未來，連蜜月都想好去哪裡了……我甚至申請到他的學校，就爲了每天能看見他。」涂惟潔哀怨的望著遠方，淚如雨下，「每年等待的結婚遙遙無期，然後他跟我提了分手。」

滴答滴答，淚水瞬間成冰，落在冰面上，發出清脆的響聲。

涂惟潔突地向左轉過來，惡狠狠的瞪著厲心棠，嚇得她連忙搖頭，「沒有小四！我亂說的！我就是想知道誰用了那本書，把自己變成雪女！」

「啊啊啊啊——」涂惟潔氣忿的怒吼，一堆尖刺直接朝厲心棠飛去，「妳也是背信之徒！」

哇咧！厲心棠瞬間拉過一旁的紅簾，利用大波動擋下了冰刺，人順便朝地上滾去！同時闕擎已經跳了上來，手裡抓著椅子就往涂惟潔砸過去。

涂惟潔身邊突地捲起一陣風，強勁到直接把椅子吹走，直直撞上後方的屏幕。

「護著她幹嘛？她也是那種隨意下承諾之輩，那天如果不是你護著，她早就死了。」涂惟潔雙眼變得陰狠。

護著？滾地的厲心棠聽見了不得了的事——那天在校外，雪女2號的目標是她？

「妳想殺我？我背什麼信啊！」厲心棠氣急敗壞的跑出來，「妳這偏執狂，我就不信妳這輩子每樣承諾都實現！」

「妳少說兩句。」闕擎手裡不知何時轉著一支精美的豎管，「涂老師，回頭是岸，那本書是惡魔的書，只會害了妳。」

涂惟潔冷冷一笑，接著禮堂裡居然降起了雪。

啊啊……學生們愕然的看著天花板降下雪，不可思議之外更多的是恐懼，好冷……溫度真的越來越低了，他們只穿這樣會凍死的！

老師們看著地面的血已經結凍，頭也開始因爲寒冷而發痛，孩子們哭在一起抱成一團，只怕也難以抵擋這風雪漫天。

「這又是什麼東西？」程元成才剛協助把家長救起，「闕擎！」

「就說了不是我，這是雪女，見過嗎？」闕擎雙眼緊盯著涂惟潔不放，「最近的凍死事件都是她做的，雪女最在意不守承諾之徒。」

又是什麼怪物？程元成覺得神扯，食人鬼已經很過分了，現在室內還下起了雪！他抖出一陣哆嗦，雪越下越大了。

「涂老師妳醒醒，這些是學生啊！還有同事！」校長終於出聲，「我不知道妳跟周老師發生了什麼，但妳不能……妳不會傷害孩子的對吧？」

喔喔，厲心棠趁機來到闕擎身邊，這殺氣騰騰的，看來校長只是來添油加醋的。

「你兩年前就答應讓我轉正，結果都沒有，一直讓我當臨時教師……要我呢！」涂惟潔幽幽的看著校長，再看著分散在禮堂的學生，「這群學生，永遠不交作業、答應的事永遠都有藉口！還口口聲聲說會管教，卻毫無作爲的家長！你們每個人——全都在耍我！」

喔喔，她懂了！

之前在學校裡她感受到最大的情緒果然沒有錯！敷衍的家長，甚至連到校都不願意、承諾戒菸但每天抽菸的學生、誆騙會讓她轉正的校長……

還有數不清的一堆小事，大家都是當下氣氛的隨口說說，但每一句出口的話，雪女2號都視為「承諾」。

「妳這太扯了，現在大家感情好，說什麼考一樣的大學，當一輩子的朋友是情境使然，說這句話時大家都是眞心實意的——可是沒有人能預知未來，未來都會變化，妳不能把這個當成是背信！」

「周老師對妳的確是欺騙，但妳就針對他就好了，遷怒其他人做什麼？」闕擎嘆了口氣，「他已經被妳冰凍了，永遠都是妳的了，還有什麼不滿足？」

涂惟潔抽著嘴角，竟猖狂的笑了起來。

「因為我受夠了！誰都別想再信口開河！」她衝著下方所有人喊著，「你們就在痛苦中，好好的反省你們的失信吧！」

她直接跳下講台，筆直的走向了校長，陳主任看得心驚膽顫，想要上前勸說，只是才走兩步，他的雙腳居然被凍住了。

「不……涂老師，等等！我沒有騙妳，妳的資格絕對是夠的，但是校內也有其他更優秀的老師，他們比妳早來學……」校長驚恐的後退著，「我說實話！我說實話！是周老師說不能讓妳變正式的！」

涂惟潔微微咧嘴，帶著點瘋狂的笑了起來，「我就知道。」

然後，她朝著校長吹了口氣，呼……

校長立刻抖了一下，然後痛苦的看向涂惟潔，他想說話說不出來，因爲他身體裡每個細胞、每個水分，都在漸漸轉化成冰。

涂惟潔旋過身子，這次她是走向學生，一句廢話都沒說，直接到一群學生裡，拖出了一個男孩。

「啊啊啊——老師，涂老師！」學生嚇死了，抱頭尖叫。

冰冷的手揪過男孩，歇斯底里的掙扎著，「不！老師！對不起！對不起，我以後一定都聽話，我一定都交作業，我一定都——」

刹那間，被涂惟潔握著的那隻手，直接被冰凍起來了，錐心刺骨的痛讓男孩痛苦的發出慘叫聲！

「啊——好痛！我的手——」他顧著自己結冰的右手，凍得哀鳴。

「這樣我以後就會相信你，是眞的無法交作業了。」涂惟潔再轉向另一頭角落的學生們，這次學生一見到她過來，是嚇得成鳥獸散。而涂惟潔突然變成滑冰選手似的，完全不是用走的，而是用滑的攔阻了另一個學生。

「老師對不起！我會戒煙的！我發誓從今天開始——」男孩瘋也似的大叫，涂惟潔只是往他的胸膛點了一下，「啊——」

他倒抽一口氣，感受到肺部的痛楚，他的肺部被凍起來了。

「我相信你的。」涂惟潔扔開了他，「要當個守信的孩子啊……呵呵……呵呵……」

她愉快的笑著，禮堂裡的雪，下得更大了。

而隔著一座後山的療養院地穴裡，祭壇湧出了鮮血，有東西在蠢蠢欲動了。

唐恩羽手裡已經扛著大刀，扭了扭頭子，老弟已經在地道裡設好了防護，不會讓任何一個惡鬼逃出。

「越來越冷了……老姐，小心啊！」

雙目凌厲的舉起大刀，就著眼前漆黑的暗道，來一個殺一個，兩個就湊一雙吧。

禮堂裡的厲心棠冷不防的用繩索從後套住了涂惟潔，連手帶身體的圈住，使勁就向後拉！涂惟潔一時反應不及的被一扯放倒，跌在地上時，闕擎拿手裡那根細細的長管就朝著她身上點火。

「你……咦？」涂惟潔看著衣服被點燃，瞬間感受到痛覺，「不！這是什麼——啊啊啊！」

「來自魔界的打火機，有人特地借給我的！」闕擎不客氣的壓著她身體繼續燒，「點菸不行，燒點雪女倒沒問題。」

「呀——」涂惟潔連叫聲都像是北風呼嘯，同時間讓風雪朝闕擎胸口撞去！

闕擎趕緊防護，因此鬆開了豎管被向後撞飛，厲心棠原本想要去撿，結果眼前平地直接殺出一冰片朝她刺來！

電光石火間，她身邊卻突然圍出了一圈冰牆，與那冰片對擊，兩邊同時都碎了！

繩索一秒變脆，涂惟潔輕易的弄碎它，她是以躺姿一秒鐘「站起來」的，老實說，那姿態很嚇人……而且那張臉，也已經變得駭人了。

她跟雪姬一點都不一樣，在死白的臉上，卻有著紅色的雙眼以及臉上泛黑的冰鱗，這足以證實她並不是正港的雪女。

「妳也會？」涂惟潔不解的看著厲心棠，「妳是雪女？」

她不是。厲心棠已經冷到快意識不清了。

「涂老師，沒有人一生中能百分之百守信的，尤其妳偏執到那種極小的事，過於鑽牛角尖。不過妳跟學生間的恩怨我不在乎——」闕擎希望說之以理，「但是妳是被利用了，有人利用妳化身雪女的力量，要召喚惡魔出來，如果妳殺了這些人，就等於是對惡魔獻祭——一到那時，死的人更多，都是無辜者！」

「什麼惡魔？」程元成慢半拍的嚷著，他剛忙著拆掉台上的紅簾，拿去蓋在抱團取暖的學生身上，「這又是什麼？」

「是王家養的，當年要不是闕擎，搞不好惡魔早就出來殺掉一票人了！」厲心棠回頭瞪著程元成，「還一天到晚找他麻煩！你們能活著都要感謝他好嗎！」

程元成擰緊眉，依舊瞪視著闕擎。

學生們的聲音越來越小，太多人都開始因冰凍而失去意識了，涂惟潔看著這些師生，淒絕的神情裡似是帶著一抹悲情。

「但是不這樣……我怎麼能擁有力量呢？」

她突然，反問了闕擎。

什麼!?闕擎怔住了，她變成雪女不是因爲咒術書，而是因爲——

「天哪！這是交換條件！她現在就是刻意要殺掉這裡的人，向惡魔獻祭！」

厲心棠簡直秒懂，同時已經拿出準備好的鍊子，直接拋了出去。

闕擎飛快的接過鍊子的一端，繞向了涂惟潔，她原本要施以冰片阻擋，誰知道在鐵鍊圈著的範圍內，她居然施展不開。

「我要懲處所有背信棄義的人，我要等著他再次回來——」涂惟潔尖吼著，但鐵練已經圈住了她。

程元成衝上前撿起剛剛那精美豎管，直接衝向了涂惟潔。

「上面那個鈕按下去，燒她！」闕擎喊著，他正與厲心棠一人一邊，緊緊綑著涂惟潔。

鍊子自然是鎖妖鍊，涂惟潔痛苦的掙扎不開，程元成大膽的點火，開始往她身上燒。

「啊啊啊——」尖銳的風聲呼嘯，涂惟潔是掙不開，但她沒有失去雪女之力。禮堂裡，開始颳起暴風雪。

『啊啊啊啊——』舞台上的布簾上，那四十四顆頭彷彿即將破繭而出的應和著。

「鬧什麼啊！」厲心棠死命拉著鍊子，她手都要沒感覺了，「放……你還有買那個驅鬼樂嗎？放出來給那些惡鬼聽。」

「沒……我刪了。」那種音樂不能留，他全刪了。

闕擎陡然鬆手，因爲他的四肢百骸都沒感覺了，胸口的疼痛讓他吐出了血，他這一鬆，連厲心棠也都頹然倒地。

「滾開——」即使身上被燒傷，區區程元成還是敵不過雪女的力量。

他被彈飛出去，又高又遠，從禮堂直接飛上舞台，重重的撞上投影布後再落下，徹底失去了知覺。

涂惟潔痛苦的看著自己被燒傷的部位，她的肩與手都焦了，冰雪也無法使她復元，她忿忿的瞪著躺在地上的厲心棠與闕擎，手裡化出長五十公分的冰柱，朝著厲心棠走去。

在涂惟潔眼中，厲心棠是不守信用的人，答應闕擎不查他，卻繼續私下調查……闕擎明白她的想法，他掙扎的起來，又是一口鮮血。

喊不出來了……厲心棠哭了起來，淚水來不及滑下就結成冰，她脫下手套，頂著零下幾十度的寒意，從胸口掏出了一個哨子。

嗶——嗶——嗶——虛弱的哨音響起，哨子上的指南針跟著飛速轉著。

嗶——嗶——嗶——

嗶——嗶——嗶——

嗶——嗶——嗶——

湖水震顫，蜷縮在裡頭的女人倏地跳開眼皮！這個哨音是求救哨，是她給的求救哨！

女人優美的破冰而出，從湖水裡飛至半空，全神貫注的聆聽著——

嗶——嗶——嗶——

「我還以爲這哨子有什麼用呢？」涂惟潔高舉起冰柱，「煩死人的外人，關你們什麼事啊！」

「妳答應過我，只要我吹哨子就會來的！」厲心棠緊閉起雙眼，用盡力氣的大叫。

她記得，第一次見到雪姬時，她是狂亂的。她被扔在大廳裡，被叔叔跟雅姐壓制，無法造次。做完功課的她偷偷跑下來看，叔叔溫柔的招呼她過去，認識店裡的新朋友。

「這位是雪姬，以後會在店裡工作喔。」叔叔向他們介紹著，「這是棠棠，我的養女。」

雪姬看著她，依舊一臉悲悽，但很認眞的試圖整理頭髮，注意形象。

「我知道妳還不適應，但妳不能在外面亂跑，棠棠是人類，能帶妳慢慢試應人界的一切。」雅姐上前，親自爲她梳頭，「妳且放寬心，把這裡當成妳的家，這裡除了棠棠外都不是人類，妳儘管待著。」

「她好白喔。」那時她對雪姬超級好奇，「而且很漂亮！」

「是嗎？她很厲害喔，她能變出雪跟冰塊來！」叔叔讚美般的說。

「眞的嗎？那妳能變冰淇淋嗎？」她簡直激動得要死，但卻不知道雪姬根本沒見過冰淇淋。

「什麼？」雪姬果然問了。

「一種甜點，妳看過後一定會做，但不許吃太多冰喔，棠棠。」雅姐仍舊細細梳理她的頭髮，「妳要不要試試看，跟我們一起守著著這間店，守著棠棠？」

雅姐爲雪姬梳好了頭髮，她頭髮眞的超美的，黑髮如瀑，閃閃發光，而且長過腰際，美得讓當年還是孩子的她都看呆了。

雪姬蹲下身子，突然憑空變出一個哨子，掛在她的身上。

「這是我的承諾，只要妳有需要，只要妳吹哨，不管多遠我都會來救妳。」

漂亮的女人輕輕撫著她的臉頰，「雪姬是不會違背承諾的。」

後來她才知道，原來那年的她，與雪姬的數百年前的女兒年齡相仿。

但是，承諾就是承諾，雪女是不會違背承諾的對吧！

第十二章 承諾

剎！黑色髮絲張開如網，瞬間穿破時空來到了厲心棠面前，穩穩的握住了那刺下的冰柱，涂惟潔驚愕非常的看著憑空出現的女人，下一秒冰柱俱碎，她甚至被震了開。

同時間，薄弱的防護罩也從厲心棠的蕾絲戒指展開，護住了她。

雪姬穩穩站定，冷靜的環顧左右，在右邊腳邊看見了奄奄一息的闕擎。她裸著雙足來到闕擎身邊，一把將他拉起，拖著往厲心棠身邊擱。

進入防護圈的瞬間，闕擎立時感受到溫暖，同時間雪姬朝他胸口再施法，制止了冰晶的擴散。

「我這只能暫時……」

我懂，解鈴還須繫鈴人。闕擎用眼神暗示。

涂惟潔不可思議的看著眼前的女人，黑髮白膚，甚至還穿著雪白的薄罩衫，單純身上散發出的氣勢就能讓她不寒而慄！看著自己滲血的右手掌，剛剛冰柱在自己手裡裂開，碎冰竟刺進了她的掌心。

她是雪女啊，冰爲什麼能傷及她呢？眼前這個女人……爲什麼能力比她還強？

雪姬凝視著涂惟潔，帶著點嫌惡，「眞醜，妳是哪裡來的？」

涂惟潔握了握右手掌，傷口即刻凍住，不再滴血，她眼神瞟向雪姬身後的厲心棠兩人，決定加大風雪的力道。

「我在問妳話！」雪姬怒吼一聲，風雪驟停！

喝！涂惟潔下意識的後退著，面露驚恐，這個女人、這個女人該不會是眞正的雪女吧！

雪姬身後的闕擎將厲心棠翻過身來，她動了動右手，無名指上的蕾絲戒展開了這層結界防護罩，讓他們得以緩衝。

「叔叔他……爲什麼非得讓這結界開得這麼慢……」厲心棠聲如蚊蚋。

「還能說話，咳……咳！挺好的。」闕擎咳嗽著，不停的吐血，「妳躺著，我得快點……處理……」

「闕擎！」厲心棠擔憂的拉住他，他只是難受得闔上雙眼，讓她稍安勿躁。總是得先把繫鈴人解決掉才行。

涂惟潔試圖再降風雪，但每次才降了幾片，立刻又停止了，她急切用力的臉都扭曲了，雪姬就看不得那模樣，她們雪女，應該都是美麗的。

「別白費力氣了，我才是眞正的雪女，妳這種借惡魔之力的四不像，能做什麼！」雪姬蓮步移前，「誰讓妳在這裡作祟？誰讓妳隨意濫殺無辜？又是誰准妳傷害我家棠棠的？」

「四不像？我才不是四不像，我是雪女！我就是！」涂惟潔激動的駁斥，「我是那個被愛人欺騙的人，他答應要跟我結婚的，他違背了承諾！」

「我丈夫沒有背信，但是他把我活埋在雪裡凍死，我才成了雪女。」雪姬冷冷的笑著，「妳跟已婚男人在一起，前兩年還不能說什麼，但七年了他都沒娶妳，就是騙妳的了！」

「所以我冰凍了他，妳懂的對吧！」涂惟潔誠懇的喊著，「這些人……校長、老師、家長、學生都一樣，每個人都是信口開河，什麼保證張口就來，他們本來就不該活著！」

雪姬在這瞬間，似乎有點懂子鈞所說的：承諾這種事，會因時地變化而有差別，而且眞的不是每個承諾，都會兌現。

她回眸，禮堂各處生機慘淡，所有師生們均命懸一線，這位雪女2號刻意讓他們飽受活活凍死的感覺，那該有多痛苦，她心知肚明。

「能凍住她嗎？」闕擎走出防護圈，看向雪姬，「我們沒多少時間了。」

雪姬略帶狐疑的看著闕擎，同時間涂惟潔轉身就往身後就近的西北門衝過去，她悠美的滑行到門口，那道冰封的門在眨眼間爲她消融——但是在她完全離開前，門突然再度被冰凍。

於是，她就被卡在那厚達二十公分的冰門中。

「啊！啊啊……」涂惟潔的右半身在冰塊裡動彈不得，看得出她拼命的想解脫，她的臉部開始龜裂，裡頭開始露出黑色腐爛的皮膚。

「那本書上沒告訴妳，不同雪女產出的冰雪是不一樣的嗎？她不能融解妳製造的冰，但妳也不行。」闕擎頂著嚴寒，拖著步伐緩速朝她走去，「涂老師，我真的不認識妳，這不是針對妳，其實這學校裡的那些師生我也不在乎，但是——妳危害到我的療養院了。」

什麼!?涂惟潔痛苦的哀號著，她爲什麼離不開？她明明獲得了這麼強的力量了啊！

「闕擎！唐大哥傳了個×過來了。」厲心棠坐起身子，她的手機還能通訊，「惡魔可能快出來了。」

「惡魔？」雪姬不解的回首，「什麼東西？」

「晚點跟妳說，現在就是得先讓冰風暴結束，失去冰冷惡魔就出不來了。」

厲心棠指指前方，「幫他吧。」

雪姬再度看向闕擎，他指向了舞台，「挪到後面去吧，後台。」

雪姬輕輕呼氣，極小規模的雪捲風環繞在涂惟潔身邊，她的尖叫只出現兩秒，整個人都被凍在冰塊裡了！闕擎早已先往舞台的方向慢慢移動，厲心棠戴回手套後，忍著疼也趕緊攙著他往舞台上走。

簾幕上的四十四位亡者依然在掙扎，不過看起來他們再費勁，也衝不破那牢籠，闕擎不知道是誰封住了那些同學，但也不想明白爲什麼。

雪姬輕鬆的切割下巨大的冰塊，她甚至都不必扛，利用狂風將冰塊送上了舞台，直接吹進了後台裡。

「在這裡等我。」闕擎按住厲心棠的雙肩，輕柔的說，「別看。」

「嗯。」她乖巧的點頭，「不看。」

轉身進入後台，雪姬已經在裡頭，她纖指一繞，冰塊重重落地，霎時碎成一地，涂惟潔跟著解脫的落在地上。

沒有言語，雪姬逕自走了出去，護在厲心棠身邊。

站在舞台上能縱觀全場，舞台下簡直就像在雪山中，地上都是白雪與冰，還有穿出的厚長冰片，冰片上插著許多師生，結凍的鮮血處處，在雪上格外刺眼。

而散布在禮堂各個角落的人們，都在與生命拔河著。

「他們……怎麼對你的，你忘了嗎？」涂惟潔踉蹌的站起，「你是被欺負的人啊！」

「我從沒有要求誰幫我出頭，涂老師。」闕擎嘆了口氣，「書在哪裡？」

涂惟潔別過了頭，「我要讓不守承諾的人都付出代價的……每個人都要！他們不能隨便許諾，話是不能隨便說的！」

「認眞的承諾眞的是不能隨便許，但很多時候某些話眞的就是隨口，更多時候也不是妳下承諾就一定做得到。」闕擎大膽的扳過了涂惟潔的臉，「那本書給了妳什麼承諾？只要妳殺死這些人，獻給他，就給妳永遠的雪女之力嗎？」

涂惟潔竟微微發顫，冰淚再度滾落，「這樣我才能等。」

等待他再次出現，要在他認識別的女人前就跟他在一起，讓他兌現他的承諾。

「他沒告訴妳，妳的雪女之力，冰凍人的同時——」闕擎湊近了涂惟潔，「其實是吃掉他的靈魂嗎？」

什麼!?涂惟潔驚愣的看向闕擎，什麼吃掉靈魂？她顫巍巍的搖頭，「我沒有……我……」

「他沒有下一世了。」闕擎凝視著涂惟潔的雙眼，「妳吃掉他了。」

「我沒有——我——」涂惟潔的話戛然而止。

她紅色的瞳仁裡，反射出一雙黑色的眼眸，闕孳有雙深邃迷人的雙眼，黑色的瞳孔突然漸漸擴大，直到充滿他所有的眼白，成爲徹頭徹尾的黑！

他，是黑瞳。

沒有三十秒，闕孳扶著牆吃力的走出，厲心棠聞聲緊張的上前攙住他，闕孳沒有任何推拒，而是張開雙臂，整個人倒在她懷裡。

厲心棠撐著身子扛住他，心疼焦急的看著簾幕後方，這是她第一次這麼急切的渴望聽見慘叫聲。

「啊啊——不是！你住手啊！不要碰他！不許你碰他——」

紅色簾幕沒來由的被風吹捲了起來，上頭那四十四張臉彷彿應和著後方的慘叫聲，那陣風開始夾帶了冰塊與雪，狂亂在禮堂裡橫掃；雪姬直接來到厲心棠身邊，她的四周自動繞出了一個雪捲風環繞著，擋下了所有橫飛的冰塊碎冰。

慘叫聲漸弱，而厲心棠終究撐不住闕孳的體重，整個人蹲了下來，但依舊緊緊抱住他。

「我想起來了，那個吳老師。」她緊緊抱著闕孳，貼在他耳邊輕聲說著，「他好像就是十年前，拿著手機播放你黑瞳模樣的學生。」

闕孳微微睜眼，輕輕嗯了聲。

「棠棠，冰在融化時最冷，我們得離開這裡。」雪姬溫柔交代，輕而易舉的拉起厲心棠。

她一人拖兩個的跳下舞台，選擇往剛剛那切割冰門的洞口離開。

「出去就暖了！」厲心棠鼓勵著闕擎，一邊看向雪姬，「外面的世界也不會再冰封了嗎？」

「那個假雪女死了就沒事了！闕擎胸口的冰應該化了吧。」雪姬拍拍闕擎，他微幅的點了點頭。

刺痛感是漸漸消失的，但依舊冷得讓他難受，現在的他，的確是想喝點熱湯了。

「劉子鈞……」他忽地抬頭，看向雪姬，「他是無辜的。」

雪姬登時一凜，神情緊張的別開他的視線；闕擎突地握了握厲心棠的上臂，加重力道，她也趕緊拉了拉雪姬。

「妳剛剛聽到雪女2號說什麼了，很荒唐不是嗎？而且他不是那個人，就算是他兒子——」

「他是他姪子。」雪姬幽幽的說，「他應該代替他留下來陪我。」

厲心棠感受到心梗，輕輕搖著她的振袖，「妳才不是這麼想的……妳想知道的是：他記得妳嗎？」

既期待又怕受傷害，所以選擇逃避，以爲讓自己按照原本的模式進行，就可以忽略心裡眞正在意的事。

「妳知道妳十年前被帶下山是有人刻意爲之嗎？」闕擎氣虛的說著，「就是刻意讓妳冰封首都，好召喚惡魔——妳本來跟那個男人在一起的。」

什麼!?「閉嘴！」雪姬的尖叫聲如同風聲，轉眼就消失了。

他們沒有能力干預雪姬的事，厲心棠現在能照顧的只有掛在她身上的闕擎，她抬起頭發現陽光正好，厚重的雲層已散，樹梢上那層層白雪，都開始融化滴水。

「回暖了，闕擎！」厲心棠開心的撐起他。

「嗯，我現在……想要喝點熱的了！」他喃喃說著，拿厲心棠當支點的站起來。

「那邊有一台販賣機，裡面有賣熱咖啡！我去！」厲心棠開心壞了，她讓闕擎站好，飛也似的衝過去。

這可是闕擎第一次朝她撒嬌耶！撒、嬌！

她飛快的投幣，拿起溫熱的咖啡，開心的回頭衝著闕擎的笑容，卻瞬間凝在嘴角。

闕擎意識到不對，倉皇回首時，看見的是渾身是血的程元成，手裡擎著槍，黝黑的槍口正對著他。

「你不該活著！」他咬牙說著，「我這就幫你解脫——」

「你明知道根本不關我的事……」

「我不管！你不該活在這世界上！我是替天行道！」

食指扣下板機，厲心棠尖叫著朝闕擎衝來，鐵罐重重落地，沉重的鏗鏘聲幾乎與槍聲同時響起！

砰！

闕擎巍然不動的站在原地，那不是因爲從容，而是他根本來不及反應，厲心棠只到半路便下意識的掩耳蹲下，那槍聲駭人得逼出她的驚叫。

然後，程元成倒了下去。

仰躺在地上的程元成看著藍天，鮮血從貫穿他頭部的洞口快速溢流而出，直到最後一刻，他都沒有闔上雙眼，腦子裡只有三個字：爲什麼？

爲什麼？

雪姬眨眼回到了M山，一顆心狂亂不已。

她去首都是有人刻意爲之？爲的就是利用她召喚惡魔！讓她當年錯失了成宗，否則他們會在一起的對吧？

嗶——極微小的哨音隨著風聲傳來，雪姬吃驚的聽著，「在哪？」

風雪很快的捲起低吹雪，她再度閃現過去，意外的居然讓劉子鈞撿到其他登山隊扔下的帳篷與用具，他人就躲在裡面，但已近乎沒了氣息。

她打開帳篷鑽了進去，首先見到的是臉色發紫的劉子鈞，還有仍在他唇上的哨子……她顫抖的手想去拿取，那陳舊的模樣，是不是成宗給他的？

探身往前，手掌往帳篷一壓，卻壓到了地上敞開的本子。

她只是輕瞥，卻陡然僵住。

她知道這本子，深褐色的皮革筆記本，泛黃的紙張，熟悉的字跡，還有……在筆記本裡的一幅畫。

雪姬顫抖著手，拿起那本子，本子上以鋼筆素描，畫著一個顧盼生姿、巧笑倩兮、與她一模一樣的女孩。

古明中學「四四慘案」的紀念活動，轉眼成了另一起慘案，因爲氣溫過低、導致暖氣設備損壞，關閉的門也因此打不開，學生們竟有多數被活活凍死在裡面，倖存者幾乎都有重傷或是不可逆的後遺症，家長崩潰究責，週六的確有瞬間溫度降低，但禮堂的門怎麼可能到達結凍的程度？

慶幸現在有監視畫面，對著禮堂的監視器都有拍到門被冰封，再匪夷所思也是證據確鑿！

大多數學生都被凍傷，或截肢、或切除器官，有許多學生的內臟產生永久性的損傷，更有學生沒能撐過這次凍災，死在了紀念日裡；老師們也死傷慘重，校長沒能捱過這難關，陳主任雙腳截肢，張老師的肺部切除了大半，餘生將必須使用呼吸器，另外與多位家長仍在重症病房內治療。

當天首都氣溫驟降，但只凍死不到十位市民，因爲近幾個月嚴寒已久，氣溫突然降低時，大家都知道往何處躲藏避寒，而且並沒有像古明中學那般的慘烈。

禮堂裡的採證困難，活下來的學生們精神崩潰、語無倫次，說著禮堂裡下雪，連雪女之詞都出來了；但章警官知道那些是事實，因爲冰雪均融化成水，冰水橫流，把現場搞得是一蹋糊塗……不過最可怕的，應該是在舞台後台裡的慘況。

章警官將照片放在桌上，裡頭是帶血的冰塊碎屍，一旁還散布著滿地的紅色小碎冰，那活像是電影裡被液態氮冰凍完屍體後，再被敲碎一般。

「有什麼要解釋嗎？」章警官無奈的問著。

再度回到醫院，闕擎這次住在六人病房，靠窗的床位上，其他同房的病患個個緊繃，因爲突然有好幾個警察進入，一臉嚴肅的去找末尾床位的先生，簾子還拉上。

最可怕的是，門口還派了兩個站崗的。

「沒有，她是自殺吧！畢竟被人欺騙了七年的感情。」闕擎很好奇的仔細端詳照片，「但我沒想到她最終型態是這樣啊！」

「是那位涂老師？」章警官擰著眉問，闕擎點了點頭，「唉，之前那些無法驗屍的屍體，瞬間冰塊都融了，更不知道能驗什麼，屍體都直接泡在水裡了。」

「就是凍死的了，輕輕放下吧。」闕擎暗示著，「那涂老師的屍體呢？一直維持這個碎凍屍模樣嗎？」

「對，就她的融不掉，而且冰存她的冰櫃一直有異象，殯儀館人員跟法醫都催我快點處理掉她。」章警官又再三嘆氣，沒驗屍能怎麼處理？

「這我愛莫能助了。」他突然嚴肅的湊近章警官，「我想知道的是，程……」

章警官立刻搖首，還比了個噤聲的動作，那不是他能談論的。闕擎挑高眉，輕哦了聲，事情還眞有意思，程元成居然成爲了不能說的機密？

「我這兒有另一個資訊，不知道你有沒有興趣。」章警官放輕了聲音，「十年前把案子壓下來的背後勢力，是你養父。」

闕擎有幾秒的驚愕，但旋即會心一笑，「不意外。」

「其．他我不能多說了，也叫厲小姐不要過問……別忘了他是特殊警察，上面是我觸不到的單位。」章警官左顧右盼，「她人呢？她不是都守在你身邊片刻不離，搞得好像全天下會欺負你一樣。」

「去幫我辦出院手續了，她是知道你來才去的，她信得過你。」闕擎這算是讚美了。

章警官笑得無可奈何，「眞是謝謝喔！」

簾子拉開，章警官帶著下屬朝其他患者頷首後走了出去，闕擎沒什麼東西好收拾的，他是急診送進來的，自然什麼都沒帶，肺部有點凍傷，但沒什麼大礙，剩下的皮肉傷只需要休養就行了。

他知道一切都要感謝雪姬，應該是她從中護著他了。

穿好衣服，闕擎到洗手間去了一趟，同房的患者超禮貌的跟他打招呼，不知道這是何許人也；出來時厲心棠已經回來了，她氣色沒比他好到哪裡去，昨天被拉彌亞壓回去睡覺後，一大早又跑來了。

「妳不好好休息，等等拉彌亞又要怪我。」闕擎無奈的說著，抓起床上的小背袋。

「你沒事了我就好好休息！」她雀躍得跟什麼似的，「大家再見，好好養病啊！」

闕擎沒理其他人，又不認識，沒什麼好說的，而且靠門口那個看起來壯碩精神的大哥，可能熬不過今晚。

走出醫院時，感受到陽光溫暖的灑在身上，眞的很難想像幾天前還是零下十度的天氣；假造的雪女一死，一切就回到正常了！闕擎仰頭曬著陽光，心裡說不出的舒坦，雪女2號解決了、療養院平安無事、惡魔也再度被封印，一切都像是往好的方向發展了。

「我們去吃烤肉好不好？」厲心棠自然的挽著他的手，這傢伙是越來越大膽了，「請唐姐姐他們好好吃一頓。」

「晚上吧，我必須先回療養院一趟。」

「好喔！我來約！」

護理長向他報告療養院一切無礙，唐家姐弟後來帶著點輕傷離開，地道她無法下去不知道狀況，暫時也只能晾在那兒，所以闕擎必須回去處理。

再次回到地道出口，未鎖的鐵門上掛了星形的補夢網，看來他們是用這個震懾亡魂惡鬼們，讓它們離不開這兒；闕擎將地道出口的鐵門再次關上落鎖，溫暖後冰塊融化，搞得地道裡現在濕氣特別的重，無一處牆面地板是乾的。

走回祭壇的地穴前，洞壁上處處有刀痕，看來這裡曾有場惡戰，祭台正上方那串文字還被劈開了一條縫。

『逆子！我收養你是爲了什麼！』

怒不可遏的吼罵聲來自後方，闕擎回身，見著的是自己更加殘破的養父，王宏達的模樣比之前的死狀再慘些，身上那大劈痕可能是唐家姐弟砍的。

闕擎無視著他，以及陸續出現的「家人們」，他們再如何忿怒，最終也只能目送著他離開地穴，永遠的被困在那半圓型的空間裡；他接下來必須認眞的思考，該怎麼處理這個召喚到一半的惡魔了。

坐上電梯來到五樓，笑語不斷，厲心棠正在跟盲人護理師坐在走廊前頭吃著泡芙。

「一切都好。」他才踏出電梯門，盲人護理師就說了，「大家都非常安分，都很不希望下面的東西被釋放。」

「這週幫他們加菜吧。」闕擎微笑著，「都給他們愛吃的！」

「好！」盲人護理師點點頭，闕擎讓厲心棠待著，他要去巡視一下。

只見他往走廊裡去，兩旁的患者又開始在那邊胡言亂語，這層樓關的全是被惡魔附身的人，現在危機解除，對著闕擎又恢復各種威脅恐嚇了。

厲心棠望著闕擎背影，突然覺得……他肩上其實扛了很多東西。

「他很寂寞吧？」厲心棠喃喃說著。

盲人卻露出會心一笑，「不會了，他現在有你們了。」

厲心棠怔忡的看向盲人護理師，由衷的笑了起來，還突然上前給了他一個大大的擁抱。

「唉唉！」盲人護理師嚇了一跳，羞赧不已。

「妳別鬧他！」闕擎回身見狀，即刻警告，「阿森，愛吃什麼盡量點，你想要什麼也儘管跟我說。」

「我在這裡生活得很富足，什麼都不缺的！」盲人護理師笑得知足，「你能收留我在這裡，就足夠了。」

「別說那種話，你是這間療養院極為重要的人，這層樓我只能仰仗你。」闕擎拍拍他的肩，「約好下次帶你吃大餐。」

他笑了笑，點點頭沒有拒絕。

「闕先生？闕先生？」對講機突地傳來聲音，盲人護理師準確的拿起接聽。

「請說……好的。」他看向闕擎，「一樓有訪客，是一位吳先生。」

咦！吳？吳老師！厲心棠緊張的看向闕擎，誰知道轉過身的他，卻是帶著微笑的，看上去心情很好。

「說來你不信，是吳育慶。」闕擎突然衝著盲人護理師說道，「要不要下去？」

盲人護理師卻一顫身子，繃緊著神經，「我想……還是不要好了。」

他的手微微發抖，他在害怕啊……厲心棠看著這熟稔的對話，這位盲人護理師也知道吳老師嗎？

「也是！但你別怪他，他是為我出氣！」闕擎大手輕掐著護理師的肩頭以表安慰，接著就進入電梯，直達一樓。

在會客廳裡看著兩個男人擁抱時，厲心棠真的反應不過來。

「忙死了吧！」闞擎拍拍他。

「忙死了。學校亂成一團，你也知道，各級主任校長什麼的，不是死了就是半死不活。」吳翔新回得從容，「我現在代理教務主任，還扛得住。」

「你這傢伙，那天逃得挺快的啊！」闞擎斜睨著他。

「我沒逃啊，我可是光明正大走出去的！我才走出去沒幾步，一回頭就看見大門結冰了。」吳翔新輕鬆得像在說別人的故事，「我是眞的嚇到了，趕緊跑回辦公室，接著就冷到暈過去了。」

「你猜我信嗎？」

「信，你不信我信誰？」吳翔新挑起微笑，「警察眞的是我叫來的，只是慢個半小時。」

闞擎呵呵的笑著，但笑意漸漸凝固，「我以爲當年你已經出國了，是我養父讓你拿手機去的？」

笑容也立即凍結在吳翔新臉上，他有些嚴肅的頷首，「是你三伯，他主動找上我的。」

「你當時知道會有什麼後果嗎？」

「我不在乎！我說過誰欺負你我要幫你解決的！那些人是我叫過去的，你知道如何輕易的集合他們嗎？」吳翔新帶著嘲諷般的看向闕擎，「我只是說：我有整死闕擎的祕密，那些平時愛欺負你的人就全到了。」

闕擎面露一絲無奈，「你知道當年只要有個差錯，你只要多看螢幕一眼——」

「我知道你養父家有問題，各種傳聞我也聽過，會來找我做這種事的不會是善類，所以我沒去看螢幕。」吳翔新帶著點自豪，「我只記得，我說過誰欺負你，我一定讓他們好看的。」

「還錄影咧，而且居然逃得出去。」闕擎嘖嘖出聲，「你不容易啊，小看你了。」

「要幹這種事我當然有周詳計畫，後台的入口不是只有一個，我離開再封死也沒人知道，唯一失算的是我沒料到阿森被關在另一側的掃具室，難爲他了。」吳翔新往上看去，「我聽說你後來幫他治療、還資助他唸書，現在在這兒工作？」

「嗯，他眼睛後來是治不了了，讓他專門去盲人學校就讀比較實際，現在在我這兒也挺好的，就是……」闕擎突然附耳朝他低語，「他不想見你。」

吳翔新微微點頭，一副瞭然於胸的樣子，笑容有些苦澀，「我懂，讓他經歷了那些事，他不會想看到我的！」

等等，等一下！站在一旁的厲心棠腦子飛快運轉，他們兩個在說什麼——盲人護理師是當年那個被關在掃具間的人嗎？只聽見沒看見，就算他沒關只怕也是什麼都看不見吧！

他只能聽得見，是看不見的。這就是張老師那天的意思！

兩個男人又相互聊了幾句，但他們始終聊不多，十年前如此，十年後亦然，但他們之間，從不需要多語。

十年前他協助養父們殺掉了那四十四名同學，十年後他又對打算找他麻煩的家屬們誅心。

「阿慶，已經夠了。」闕擎良久冒出這麼一句，「我能保護自己的。」

「我知道，我只是做我想做的事。」吳翔新起了身，「就是來跟你說一聲，我說到做到。」

闕擎泛起複雜的神情，笑容裡帶著點悽涼，再度與之擁抱。

臨走前吳翔新若有所指的看了厲心棠一眼，微笑頷首，從容的離去。

厲心棠覺得心裡沉悶到像有塊重石加著，那個吳老師看起來比闕擎更年輕，娃娃臉一張，但卻令她不寒而慄。

「你同學有點可怕。」她皺著眉，邊說又打了個哆嗦，雞皮疙瘩竄滿身。

「妳都不覺得我可怕了，還會覺得他可怕？」闕擎莞爾一笑，「要我說，百鬼夜行一屋子才叫可怕。」

「才沒有呢！」她努著鼻子，店裡的大家最好了。

呿！闕擎冷笑一聲，眨個眼就能把他碎屍萬段的一屋子妖魔鬼怪，能叫好？他還是很謝謝吳育慶的，他們倆很多想法是相似的，因此不需太多言語，就能是朋友。

「對了，那個劉子鈞怎麼了？」闕擎對這萍水相逢的男孩並非有好感，只是覺得他太無辜。

「啊，活著呢！」厲心棠臉上閃過光芒，「已經脫離險境了！」

是嗎？看來雪姬似乎好像是放過她了吧。

「闕先生，您要吃晚餐嗎？我們要點外賣囉！」護理師過來詢問著，口吻開心的呢！晚上老闆請客嘛！

「不了，我晚上要……」闕擎淡淡的瞥了厲心棠一眼，「我等等要回去了。」

咦？厲心棠倏地轉頭，驚愕的抬首看著他。

回去？

他的回去，是指她的家嗎？

闕擎終於低頭，難爲情看著她，「眼睛瞪這麼大，看起來不太歡迎的樣子……那我——」

「歡迎！歡迎！有什麼好不歡迎的！」厲心棠不顧一堆人看著，直接撲進他的懷中，「我們立刻馬上回家！」

護理師們竊笑著，紛紛識趣的避開眼神，幾個病患也泛出了淡淡笑容，反而是闕擎動手想把她推開。

「喂，妳別太超過，我只是去養個傷……拉彌亞交代過，我必須……厲心棠！放開！」

不要！

第十三章 回家

遙遠大山下的醫院裡，今天醫護人員們收到了豐盛的餐點，來自於奇蹟康復的患者，劉子鈞再三道謝，若非這些人的幫助，他哪可能復原！他還在山腳下的村落大擺宴席，請所有人飽餐一頓，尤其是救助他的嚮導與救難隊員。

「你太客氣了！」當地人嘴上這樣說，喝得可開心了！大家載歌載舞的，好不暢快。

「我是很想問啦，你是怎麼上去的？」嚮導的頭兒對此非常不解，「沒有你申請入山的證明，而且沿路也沒有你紮營的痕跡，就這麼莫名其妙在三千公尺的雪女湖？」

劉子鈞看著嚮導們，他實在是記不得了！

「我說出來你們可能不信，我記憶中啊，我們是一整隊來登山的，我們一行有七個人，我記得我冰斧掉了，所以滑著往下去找……就這樣！」

然後他再醒來，便已經在醫院了，時間憑空消失了兩星期，聽嚮導說之前他們的登山隊因氣候問題早就下山了，隊伍已解散，所有成員早就各自回家，而他則前往首都，說要去見他們在山裡救下的人。

還有離譜到家的山裡火車？他甚至連山裡救下的朋友都沒印象，還有那個與他一起前往首都的女孩，記憶跟著模糊。

「你全都不記得了啊？可能是缺氧的關係吧，聽醫生說你是九死一生加上奇蹟，居然沒有任何組織凍壞，也沒變植物人！」另一位嚮導使勁拍了拍他，「現在這麼勇健，區區記憶丟了點沒關係啦！」

「咳咳……」劉子鈞故作咳嗽，一副快被拍出血的樣子。

「就是，最多再回去首都一趟嘛！也沒什麼大事！」老嚮導意味深長的看著他，「放心好了，大難不死，必有後福。」

幾位在地嚮導交換眼神，一同舉杯，「來！敬大難不死！」

劉子鈞無奈的笑笑，一起舉杯暢飲。

他不知道的是，沒有入山證明、又沒足跡的他，在地人都隱約知道發生什麼事，尤其……他算是在雪女湖裡第一個被找回來的人。

雪女湖之所有以雪女起名，就是因爲在那兒失蹤的人太多了！能找到足跡、帳篷、物品，但就是不見人，而且失蹤的全是男性。

所以傳聞他們都是被雪女勾了魂，或是帶到深山裡陪伴雪女，或是沉在旁邊那萬年不化的冰湖裡了。

更別說沒有裝備、卻能在山上待上兩天的人，劉子鈞絕對是頭一個！

「大概不是雪女的菜吧！」

「天曉得！沒裝備能活下來就很扯了，我反而覺得正是雪女的菜，雪女庇佑了他！」

幾個村民閒聊著走去拿更多菜餚，經過一個戴著毛海帽兜的女孩身邊，女孩微微一笑，還是當地人瞭解她啊。

她端著一盤雞腿、一杯酒，就近坐在旁邊吃著喝著。

「那你接下來要再回首都一次嗎？還是要再爬一次山？」

「首都是一定得回的，我行李可能都在那邊吧，看看我現在身上什麼都沒有，我還得去找。」

手機幸好通電後無礙，他找到了一個陌生但聯繫過的新朋友，叫闞擎，還沒有時間聯繫他！不過看對話內容，正是被他遺忘的朋友，不過首都裡最牽絆他的，其實是古明中學的「四四慘案」十周年紀念。

但時間已經過了，而且看新聞似乎發生了大事，他因故沒能去參加，或許是天意吧！

他下意識看向遠方壯麗的雪山，「至於山啊……這次就算了吧！」

兩公尺外的女孩喝了口酒，眼神沉了下去。

「怕了喔？」

「怕啊！怎麼不怕！對山一定要有敬畏之心的。」劉子鈞說得理所當然，「我來這裡，本來就是爲了完成我大伯的遺願！」

女孩的手微顫，沒想到他又提到了那個男人。

「你大伯？他也來過？」

「來過，他還是氣象研究員呢，不過他也沒能攻頂，一樣因爲天候所以失敗了，留在這邊收集氣象資料！」劉子鈞又是一臉光榮，「我大伯這一生最想要的，就是回到這裡。」

「他還能再爬山嗎？我看你這年紀，你大伯會不會難了？」

「跟年齡無關！」劉子鈞有點哀聲嘆氣，「他後來離開這裡，跟我媽他們移民到國外，忙碌了幾年後決定再回來這裡，因爲他想找一個女孩。」

「喔喔喔喔！」提到八卦，所有人酒都醒了，「女孩？他在這裡認識了誰嗎？」

「對，他一直提到在這裡登山時，認識了一個女孩，也是嚮導喔！他們相戀而且也說好要結婚的！結果某一天，那個女孩消失了！我大伯怎麼都找不到，問了當地人竟也沒人認得她，他當時只好先回國了。」

突然消失了？一旁的女孩克制不住顫抖，她哪有消失？那天她約他再去爬山，為的就是要把他留下來，因為她知道他離開後就不會再回來了！可是、可是——她被莫名的東西攻擊，成為雪，又被帶下山了！

啊啊啊，先離開的人是她嗎？

「是我們山裡的人嗎？」嚮導們相當好奇。

「應該是吧，但那是很久很久以前的事了。」劉子鈞有點羨慕，「我大伯啊，愛了她一輩子，惦記了她一輩子，這輩子都沒有娶……每次都抱著我，說那個女孩有多漂亮，多會爬山，他想再回來找到她。」

劉子鈞望著遠方山頭，大伯也說過，他們曾一起在萬里無雲的星空下，看著明月從雪山中升起，幸福得難以言喻。

喝了好幾口酒回神，才發現一堆眼睛正好奇的等他的下文：然後呢？

「哎，我大伯眞的有飛回來了，但他的飛機墜毀，全機無人生還。」劉子鈞感嘆不已，「他這輩子，都沒能再回到這裡。」

現場一陣嘆息，而女孩手裡的酒已自動結冰，她吃力的起身，甚至有點不穩的朝著僻靜處走去。

先消失的是她，他沒有忘記他們之間的一切，他依舊愛著她、甚至想回來找她，只是回不來了！

劉子鈞手裡一直拿著他的本子，或許這正是他喜歡上她的原因，他自小看著她的畫像，等到眞實見到一樣的容顏時，很容易就會墜入情網。

「成宗……」雪姬難受得揪緊胸口，她覺得心好痛！眞的好痛！

她知道自己偏執的執著，知道自己數百年來冰封的都是無辜之輩，但她只是想要有個人愛而已……可她好不容易動心了，先離開的人卻是她！

先背信的人，竟是她嗎？

風掃起山裡的積雪，激起美麗的白色飛雪，眨眼間美麗的女人憑空現身，淚水成了冰晶，不住的往空中散去，再痛再怨，一切都回不去了。

她站在雪山之巓，那個眾人都想攻頂之處，有人刻意把她帶離了這裡，就是爲了成就惡魔的現世，讓她失信於他；但如果她沒被帶走，現在成宗也不過是這座山裡的一個裝置藝術而已。

「妳這輩子的怨懟，絕大部分是妳自己造成的。」

雅姐的話言猶在耳，她聽著、她記著，但是她沒有辦法平常心。

因爲她是雪女啊！因爲她就是被丈夫活活凍埋的人，不帶著怨與恨，還有執拗的偏執，她就不是雪女了！

「我愛你！成宗！」她淒楚的喃喃說著，「我愛你。」

也就僅此而已了。

某些裝置藝術，或許也沒那麼重要了……幾處山體微微顫動，若是近來有人上山，就讓他們把這些人都帶下山吧。

雪姬飛向冰湖，再度優雅的沉了下去，池裡的男人們依舊沉睡，而她突然再也不留戀了。

「唉……」她仰躺著沉入湖底，看著上方刺眼的陽光，雪白的山稜，開始有點懷念熱鬧的「百鬼夜行」了。

回去吧！回去吧！

闕擎一進「百鬼夜行」，就感受到一股殺氣，這讓他站在側門的甬道裡，不敢前進也不敢出聲，靜靜的在那裡等待。厲心棠也聽見訓話聲，先朝天花板的頭顱們比了個噓，一同安靜。

之前食人鬼肆虐全國時，政府曾實施宵禁，導致夜店不能營業，當時店裡的這群鬼妖們都無法工作，屬於無薪假時期，結果他們就趁機到人界作亂；而苦悶卻無法進來消費的客人們，也跑到人界去殺戮。

外人他們管不著，其實店規也只限店內不許殺生獵食，但是……如果在外面作祟太過，叔叔跟雅姐依舊不會放過他們！畢竟帶著那種殘虐回到店裡工作，是會對人類的客人有風險的。

現在就是被逮回來的最後一批，在外造成不小的騷動跟傷亡。

「沒事了，出來吧。」外頭突然傳來吆喝聲，厲心棠探出頭偷瞄了一眼。

剛剛在大廳的鬼都消失了，跟在後頭的闕擎微蹙眉，鬼是不見了，但戾氣仍在。

「都是厲鬼啊……」他起了雞皮疙瘩，不舒服的打了個寒顫。

「回想起自己爲什麼離不開人界，跑去把自己生前所恨的事料理了一遍，鬧得雞犬不寧。」雅姐今天依舊是一襲淺紫色漢服，打量了闕擎，「還沒好全呢！肚子餓嗎？餓死鬼一直在問你什麼時候回來。」

餓死鬼，是「百鬼夜行」的頂級大廚之一，生前活活餓死，死後對食物有執念，將這份執念化成了精進好手藝。

闕擎幾分詫異，幾分窩心，「餓，眞餓。」

雅姐優雅旋身，帶他們上二樓去，闕擎左顧右盼沒瞧見拉彌亞，但剛剛一進門時有聽見她在說話，應該是讓她去處理那些厲鬼了，畢竟她是店經理嘛。

他們踏上二樓時，那個新來的車禍鬼趕緊推著沙發過來，二樓幾乎沒什麼桌椅，因爲二樓是招待非人類的，要什麼椅子他們自己勾勾手指就有，所以相當寬敞。

「餓死鬼要做什麼給闕擎？我也要喔！」厲心棠對著天花板嚷嚷，「你可別偏心啊！」

「偏什麼心啊！」闕擎嘖了一聲，用詞錯誤。

「本來就是啊，他一個勁兒的都在想你喜歡吃什麼，用盡全力的想搏你歡心呢！」雅姐還幫腔，「你喜歡吃他做的東西，是對他的肯定！」

闕擎聞言，臉色跟著一紅，突然難爲情起來。

「我只是……我沒這麼厲害。」

「不是厲害的問題啦！」厲心棠笑了起來，「你記得嗎？第一次來這裡時，你連水都不喝呢！」

闕擎此時正喝著水，望著手裡的水杯，回憶一下子跳得很遠。

「不喝水、不吃東西，撐了很久。」連雅姐都記得，「突然有一天你開始吃了第一口，還稱讚餓死鬼做得好吃時，他可高興壞了。」

厲心棠古靈精怪的挑了眉，把臉湊到他面前，嗯？是吧是吧！當他吃下第一口這裡的食物時，就代表已經開始有點兒信任了。

闕擎是真的羞窘，不知道該怎麼回，但他們說的是事實。沒有信任，他就不可能吃這裡的東西，甚至待在這裡。

「棠棠回來啦！」拉彌亞由外走入，朝著雅姐頷首，「都處理好了。」

「謝了。」雅姐嫣然一笑，「一樓那三個人就送妳吧！」

咦咦？厲心棠圓了雙眼，緊張的站了起來，「被雪女2號冰凍的那三個人嗎？一對情侶跟那個周老師！」

章警官後來終於找到了周老師的妻小，她們看似無痛苦的在冰裡沉睡，死在涂老師的家中。

「他們魂魄幾乎都被吃掉了，剩下一魄也沒多少，拉彌亞這陣子辛苦了，加點塞牙縫的小菜。」

「那我就愉快的收下了。」拉彌亞邊說邊舔了唇，蛇舌尖還是呈Y型的分岔。

闕擎綳緊神經……雖然對「百鬼夜行」已有感情跟信任，但聽見這種對話時，還是讓他覺得不蘇湖。

「我看雪姬快回來了，頭幾天回來別讓她上崗，叫她收收心。」雅姐纖指輕點著，「那位劉子鈞也會回來，讓她先去把這段感情處理掉。」

「劉子鈞昨晚有傳訊息給我，但感覺……他不記得這陣子的所有事。」對話裡太客套，而且劉子鈞眞的寫出他失憶的事。

雅姐微笑點著頭，「雪姬抹去了你出現在雪山後的所有記憶，但她沒收了他，也算一種醒悟吧！畢竟她心底愛的其實是劉子鈞的大伯，那個男人也沒有背棄她。」

「雪姬對承諾好執著，妖都一樣嗎？」厲心棠邊問邊瞪著天花板，好餓啊！餓死鬼能做快一點嗎？

「會成爲妖是有原因的，但至少雪姬這次放過了劉子鈞。」雅姐幽幽說著，其實是她明白當年那個男人並沒有背棄她吧。

但無論從什麼角度去看，無論當年她有沒有被帶離雪山，這件事永遠會是個悲劇。

「妳不重視嗎？畢竟信用是很重要的，人都欣賞說到做到的人吧！」闕擎突然問厲心棠。

「重要，但事情不會只有一個角度，沒辦法做到的事我不隨便允諾，但有沒有可能我拼了命想做到卻也無法？還有些人們之間的客套話，說實話人們會不爽，說話藝術又得被檢討亂講話，做人也太難了！以前在便利商店打工時，同事最常說什麼：下次聚、下次去哪裡吃，這種能當眞嗎？」厲心棠一臉遭受過社會毒打的模樣，「不期不待，不受傷害！」

「噢……」闕擎倒是會心一笑，因爲他從很久很久很久以前開始，就不會輕易相信這種承諾了。

「欸，你噢什麼！但是我現在喜歡你，我眞的希望跟你在一起喔！」

厲心棠突然緊張的解釋，闕擎眼尾瞄著雅姐跟拉彌亞，暗暗倒抽一口氣！她能不能不要在「家長」面前說得這麼直接！

「關於這件事，我……」

「但那是現在啊，我喜歡你，就是眞心的！但未來說不定喔！」厲心棠釋然的笑著，「搞不好幾年後，感情淡了，你或我喜歡上另一個人……沒關係，我就求和平分手。」

等等等等！他們還沒交往啊，怎麼這麼快就提到分手了？

雅姐跟拉彌亞的視線灼灼的望了過來，闕擎一顆心七上八下，「是我只求和平分手吧……」

這能和平嗎？她一旦對著整間店的魍魎鬼魅哭喊著心碎，他就會物理現象上的心碎！

「我們稍晚再談這個問題，我需要點時間……」他趕緊先按捺。

「需要時間做什麼？你不喜歡我家棠棠？」雅姐一臉吃驚，「她都對你做這麼多了！」

不是……闕擎試圖說明。

「你應該知道棠棠很喜歡你吧，她從小到大，沒有對誰有過好感，雖然你也是個奇怪的人類，但是我們都沒說話了，你挑什麼？」

他沒有挑！天地良心啊！

但這個世界不是某人一味的付出跟喜歡，對方就一定要喜歡她的吧……當然他也不是說討厭厲心棠，只是關於這種「交往」或「喜歡」——他不敢。

他憑什麼？

天花板突然掉下的美食，挽救了比雪姬在場還冰凍的氣氛。

兩個托盤穩穩的落在他們面前，闕擎眼前是薑母鴨，厲心棠面前則是麻辣火鍋，兩人互相瞄著對方的食物，兩樣都想吃啊！

樓下傳來動靜，拉彌亞分神往外看去，旋即走了出去。

「拉彌亞！等等！」厲心棠追了出去，拉著拉彌亞往樓梯去，明顯得不讓闕擎聽見聲音。

「怎麼了?」看著她長大的拉彌亞，當然知道她有什麼小心思。

「那個……雪女2號的屍體，放在我們店裡熟悉的殯儀館裡。」她平穩的說著，「要不妳順便也吃了吧!」

拉彌亞有些許的驚愕，看著厲心棠。

「她得到的是冰雪之力，現在雪沒融，表示屍體跟靈魂應該都還是困在冰裡對吧!」她這方面記得很熟的，「可能要有個契機，或是等惡魔吃掉她、解放她之類的。」

拉彌亞緩緩的點了點頭，「她跟食人鬼比較不同，她自身已經妖化了，而食人鬼因爲有跟人類做連結，所以人死了，食人鬼也不復在。」

但妖化的涂老師不一樣，她現在類似一個被封印的半妖。

「我知道，」厲心棠認眞的凝視著拉彌亞，「所以，吃掉她吧。」

其實老大或雅姐，應該會找個時間，去把那個雪女2號拖回來處理的，或丟進地獄，或撕開分食，這些以往都是背著厲心棠做的；她萬萬沒想到，竟有這麼一天，她會親耳聽見棠棠下令。

「不給她一個機會?」

「不需要，她殺了這麼多無辜者，又偏執——最重要的是她想殺我，卻誤傷了闕擎。」

拉彌亞皺眉，那個雪女2號想殺害棠棠？那的確該死。

「妳有點不一樣了，棠棠。」拉彌亞高興之餘，又有點失落，「為了闕擎嗎？」

「不，為了我愛的人。」她輕鬆的聳肩，「我只要專注的，在乎我愛的人就好了。」

不只是闕擎，還有整個「百鬼夜行」，每個愛她的人都是。

她輕快的跑回二樓裡，拉彌亞回首看著背影……小女孩，長大了啊。

闕擎等她回來才吃飯，兩個餓壞的人狼吞虎嚥，雅姐朝天花板點了份烤鴨捲餅，看他們吃得津津有味，她也有些餓了。

「妳為什麼會知道我養父召喚的是……」喝了幾口湯，闕擎有種暖遍全身的感覺。

「牆壁上刻的啊，那是惡魔文！我識字好嗎！」她夾了塊鴨血給他。

闕擎看著這理所當然的態度，有些無力，「妳知道，一般正常人類是沒有這門課嗎？」

「是嗎？」她好奇的看看雅姐，雅姐背對著他們，正在打電動別吵，「但我從小就學耶，店裡這麼多妖魔鬼怪，學這個是基本的啊！更別說，我可是叔叔親手教的！」

「你叔叔為什麼會這麼懂惡魔？我看德古拉或是狼人、長頸鬼之屬，並沒有對惡魔那麼熟吧！還是這是員工基本訓練？」

厲心棠淅瀝嘩嚕的喝了一大口麻辣湯，噗哧一聲，「你這不說笑嗎？叔叔就是惡魔！」

「什麼？」

「對啊，不然我為什麼姓厲？我是養女耶！」厲心棠一臉理所當然，才喔了聲，「欸？我沒說過嗎？叔叔是利維坦啊！」

尾聲

吃飽喝足，拖著疲憊的身體，闕擎回到了厲心棠的家。

他們在門口互道晚安，女孩嬌羞的討要一個擁抱，在沒有「家長」的前提下，他回以擁抱。

溫暖的、炙熱的、讓他心跳不太正常的擁抱。

他隻身回到房間裡，覺得腦子不太靈光，而且臉頰肌肉有些失控，爲什麼一直會泛起想笑的衝動！

喜歡、依賴、家，這些名詞太可怕，他實在不敢觸碰。

拿起從醫院帶回的小包，把手機跟皮夾拿出來，此時，卻有一張紙飄了出來。

咦？

闕擎彎身拾起了那張紙，這絕對不是他的東西。

陌生的字跡，寫著幾個斗大的字：

「是時候償還你的罪孽了！」

後記

看完這本，你一定有一種：這鐵定是雪女打工換宿的章節！她只是來打工的！

是的，好像一口氣塞太多東西了，一堆要交代的事，偏偏又跟雪女有點關係，這位偏執小姐就變成打工的了。

其實要寫雪女前查了查，就是個對「承諾」很執著的妖怪（但在我這兒是鬼），接著我要想到了關於「承諾」是否重要？

平時我們都會說「承諾」非常重要，說到就要做到，但捫心自問，從小到大，眞的出口的每一句話、每個應允、每個承諾都有達成嗎？即使在被教育言出必行後，依然會有沒兌現的事，甚至可以說很多。

小到跟朋友約好十點見面，但你遲到了；大到承諾了跟前男女朋友在熱戀期說要一輩子在一起，但你現在身邊不是同一個人。

甚至看著離婚率屢創新高的現在，當初結婚時誰不是都有過堅定的承諾呢？

所以，「承諾」到底重不重要？

有人說短期的重要，長期的要看環境改變，但我前面提到的失約這種小事，就是短期的了；但也有人會說，約個時間算什麼承諾？那只是個普通約定。（啊就是這樣想，所以一天到晚有人遲到跟放鴿子吧！）

好底～那來個現實的，以職場爲例，那個進公司時，是不是勞資雙方都會有些「承諾」？大家進入職場後就會發現……咳！

但是，我還是覺得「承諾」很重要啊，可是我又沒有每件都做到，眞心覺得這好矛盾！太多變因了；環境、能力、人的個性等等，所以像雪女那種過分執著，反而變得病態了。

而且我看的雪女版本，更覺得她像在設陷阱！丈夫在夜晚燭光下看著她的側臉，想起幼時遇到的雪女，提出了妻子很像他以前見過的一個女人，妻子溫婉的問：「哦？你在哪遇到的？是什麼人呢？」丈夫想著與枕邊人分享幼時恐怖經歷，結局就是雪女變回原貌，對丈夫咆哮他背信了，爲了孩子不殺他，然後消失在雪夜中。

啊是她主動問丈夫關於當年的事，如果換成現在一堆短影片中，是不是就變成：「你不告訴我就是你有祕密你不夠愛我！（分手）」，但是丈夫說出實情卻又是：「你不是答應過絕對不會說出去的嗎！（還是分手）」

好吧，連我都覺得好難伺候喔！

這次交代了「百鬼夜行」裡的雪女是怎麼進店工作的，背後也牽扯出許多事端，不止是與闕擎相連，還與闕擎的養父家族相連結，當然也帶出了我們的闕擎爲什麼這麼不喜歡與人接觸了，某方面而言，他是個命運多舛的孩子啊，還擁有一種「吸引力特質」。

有一大堆人喜歡他，想利用他，也有另一堆人厭惡他，這樣的人想要離開人群眞的很辛苦，有時想想，住在精神療養院裡眞的非常適合他。

以後會想寫他來到這個國家前的事情，我還是覺得，人啊，平凡就是一種幸福。

最後，感謝購買本書的您，購書才是對作者最實質且直接的支持，沒有您們的購書，作者便無法繼續書寫，萬分感謝、銘感五內！謝謝！

笭菁

境外之城 150

百鬼夜行卷 11：雪女

作　　者／笭菁
企畫選書人／張世國
責 任 編 輯／張世國
發　行　人／何飛鵬
總　編　輯／王雪莉
行銷業務經理／李振東
行 銷 企 劃／陳姿億
資深版權專員／許儀盈
版權行政暨數位業務專員／陳玉鈴
法 律 顧 問／元禾法律事務所　王子文律師
出版／奇幻基地出版
城邦文化事業股份有限公司
台北市 104 民生東路二段 141 號 8 樓
電話：(02)25007008　傳眞：(02)25027676
網址：www.ffoundation.com.tw
e-mail：ffoundation@cite.com.tw
發行／英屬蓋曼群島商家庭傳媒股份有限公司城邦分公司
台北市 104 民生東路二段 141 號11 樓
書虫客服服務專線：(02)25007718・(02)25007719
24 小時傳眞服務：(02)25170999・(02)25001991
服務時間：週一至週五09:30-12:00・13:30-17:00
郵撥帳號：19863813　戶名：書虫股份有限公司
讀者服務信箱 E-mail：service@readingclub.com.tw
歡迎光臨城邦讀書花園 網址：www.cite.com.tw
香港發行所／城邦（香港）出版集團有限公司
香港灣仔駱克道 193 號東超商業中心 1 樓
電話：(852) 2508-6231 傳眞：(852) 2578-9337
馬新發行所／城邦（馬新）出版集團
【Cite (M) Sdn Bhd】
41, Jalan Radin Anum, Bandar Baru Sri Petaling,
57000 Kuala Lumpur, Malaysia.
電話：(603) 90563833　傳眞：(603) 90576622
E-mail：services@cite.my

封面插畫／Blaze Wu
封面版型設計／Snow Vega
排　　版／邵麗如
印　　刷／高典印刷有限公司
■2023 年5月25日初版一刷
■2023 年7月6日初版2.5刷

售價／360元

國家圖書館出版品預行編目資料

百鬼夜行卷 11：雪女／笭菁著　一初版一台北市：
奇幻基地出版；
家庭傳媒城邦分公司發行；2023.5
面：　公分 .--（境外之城：150）
ISBN 978-626-7210-55-0（平裝）

863.57　　112005267

ISBN 978-626-7210-55-0
Printed in Taiwan.

※ 本故事內容純屬虛構，如有雷同，純屬巧合。

廣　告　回　函
北區郵政管理登記證
台北廣字第000791號
郵資已付，免貼郵票

104 台北市民生東路二段141號11樓

英屬蓋曼群島商家庭傳媒股份有限公司城邦分公司 收

請沿虛線對摺，謝謝

奇幻基地

每個人都有一本奇幻文學的啓蒙書

奇幻基地粉絲團：http://www.facebook.com/ffoundation

書號：1H0150　書名：百鬼夜行卷 11：雪女

請於此處用膠水黏貼

奇幻基地

讀者回函卡

謝謝您購買我們出版的書籍！請費心填寫此回函卡，我們將不定期寄上城邦集團最新的出版訊息。

姓名：________________________ 性別：□男 □女

生日：西元________年________月________日

地址：________________________

聯絡電話：________________傳真：________________

E-mail ：________________________

學歷：□1.小學 □2.國中 □3.高中 □4.大專 □5.研究所以上

職業：□1.學生 □2.軍公教 □3.服務 □4.金融 □5.製造 □6.資訊

□7.傳播 □8.自由業 □9.農漁牧 □10.家管 □11.退休

□12.其他________________________

您從何種方式得知本書消息？

□1.書店 □2.網路 □3.報紙 □4.雜誌 □5.廣播 □6.電視

□7.親友推薦 □8.其他________________

您通常以何種方式購書？

□1.書店 □2.網路 □3.傳真訂購 □4.郵局劃撥 □5.其他

您購買本書的原因是（單選）

□1.封面吸引人 □2.內容豐富 □3.價格合理

您喜歡以下哪一種類型的書籍？（可複選）

□1.科幻 □2.魔法奇幻 □3.恐怖 □4.偵探推理

□5.實用類型工具書籍

您是否為奇幻基地網站會員？

□1.是□2.否（若您非奇幻基地會員，歡迎您上網免費加入，可享有奇幻基地網站線上購書75折，以及不定時優惠活動：http://www.ffoundation.com.tw/）

對我們的建議：________________________

____

____

請於此處用膠水黏貼